EL BARCO DE VAPOR

El misterio de la mujer autómata

Joan Manuel Gisbert

sm

elbarcodevapor.com

Primera edición (cartoné): mayo 1991
Vigésima edición: noviembre 2008

Dirección editorial: Elsa Aguiar
Cubierta: Alfonso Ruano

Impresores, 2
Urbanización Prado del Espino
28660 Boadilla del Monte (Madrid)
www.grupo-sm.com

ATENCIÓN AL CLIENTE
Tel.: 902 12 13 23
Fax: 902 24 12 22
e-mail: clientes@grupo-sm.com

ISBN: 978-84-348-4788-0
Depósito legal: M-49.400-2008
Impreso en España / *Printed in Spain*
Gohegraf Industrias Gráficas, SL - 28977 Casarrubuelos (Madrid)

Advertencia preliminar

EL autor o autora de esta singular novela no figura en los anales de la literatura, ni consta siquiera con una humilde mención en letra diminuta.

Los editores se proponen sacarlo o sacarla del olvido. Como se verá, hay motivo.

La persona que escribió el apasionante relato verídico que el lector tiene en las manos fue también uno de sus personajes. En París, allá por el año de 1821.

Sin embargo, decidió ocultarse entre los demás. Narra los asombrosos hechos sin identificarse. Él mismo o ella misma nos lo explica en la *Obertura*. Nosotros hemos respetado su deseo.

Pero, al final, se quitará la máscara ante el lector. Será entonces reconocido o reconocida, en todo el sentido de la palabra.

Estamos convencidos de que alcanzará el prestigio merecido por su contribución. Aunque de manera póstuma, su nombre conocerá la gloria.

Los editores

Obertura

No quiero distraer la atención del lector. Lo que de verdad le importa es empezar cuanto antes esta historia. Seré muy breve.

Tan sólo decir que yo soy uno de los personajes que desfilarán ante sus ojos. Sí, tuve intervención directa y activa en los hechos que se narran. Pero, acaso contagiado por su misterioso clima, he preferido ocultar quién soy. También para dar una visión más objetiva y auténtica de estos acontecimientos rigurosamente ciertos.

He narrado todas las escenas en tercera persona, incluso aquellas en que yo aparezco. Me ha parecido lo mejor.

No obstante, al final, el lector podrá satisfacer su curiosidad. Revelaré cuál de los personajes soy. Quedará desvelado mi pequeño secreto.

Espero que quien me lea no ceda a la debilidad de examinar las últimas páginas antes de llegar a ellas en el curso normal de la lectura. En una novela como ésta, tal cosa es muy desaconsejable porque, a la vez, descubriría otros secretos, ésos sí importantes.

No digo más. Se abre ya el telón de la misteriosa intriga.

El autor o autora

PRIMERA PARTE

1 *El gran magnetizador*

A la luz de los candelabros, su aspecto era inquietante. Miraba ante sí, a un punto indefinido de la estancia. Sus ojos, todavía inmóviles, parecían buscar algo invisible en el aire.

Su estatura era superior a la de un hombre corriente. Aparentaba unos cincuenta años. Vestía ropajes muy oscuros, de severa prestancia. En su porte altivo se adivinaba un carácter capaz de imponerse en cualquier circunstancia. Una ilimitada confianza en sí mismo estaba presente en su cara. Si se la observaba detenidamente podían advertirse el rictus despectivo de sus austeros labios y la sombría arruga horizontal que dividía su alta frente en dos mitades. Entonces quedaba de manifiesto su expresión malévola y algo amenazadora. La contemplación de su figura sobrecogía y atemorizaba. Los espejos que recubrían buena parte de las paredes del salón multiplicaban su enigmática estampa.

Hans Helvetius se aproximó despacio a él, como si temiera sacarlo demasiado bruscamente de la inmovilidad. Lo rodeó por detrás y se detuvo junto a su flanco derecho, a muy poca distancia. Luego, mientras manipulaba algo escondido bajo los faldones de su anticuada levita, parecía formularle una petición al oído. Más tarde, se alejó de la imponente figura y fue hacia una zona del salón que estaba invadida por las sombras.

A los pocos instantes, como un extraño muerto viviente, el tenebroso personaje inició sus movimientos.

Despertaron primero sus ojos. Los desplazó muy despacio a derecha e izquierda, escrutando los rincones de la sala. Luego, su cabeza también se movió para adquirir una visión más amplia de lo que lo rodeaba.

Pierre Grasset permanecía en pie, a pocos metros de la figura, en el lugar exacto que Helvetius le había indicado. Sintió un leve escalofrío al darse cuenta de que, poniendo fin a su búsqueda de los primeros momentos, El Gran Magnetizador lo estaba mirando fijamente, con ojos que derramaban clarividencia.

Y mayor fue aún su emoción cuando ocurrió lo inesperado. La figura, sin dejar de clavarle sus ojos fríos y llenos de poder, empezó a andar hacia él. Grasset, de modo instintivo, buscó a Helvetius con la mirada. No lo vio: lo protegían las tinieblas de un ángulo del salón.

Los pasos de El Gran Magnetizador eran precisos y naturales, sin rigidez anormal alguna. No se advertía en él ni la menor indecisión, ni el más leve tambaleo. El embaldosado parecía deslizarse a cada paso bajo sus pies, acortando la distancia que lo separaba del atónito Grasset.

—¡No se aparte, siga donde está! —le ordenó Helvetius al visitante.

La voz interrumpió el movimiento que Grasset había iniciado al ver que la figura seguía avanzando en línea recta hacia él. Tenía la sensación de que se le iba a venir encima con perversa obstinación.

Sin embargo, cuando poco más de un metro los separaba, El Gran Magnetizador se detuvo suavemente. El brazo izquierdo quedó inerte mientras introducía la mano derecha en un bolsillo lateral de la levita. De allí extrajo un péndulo metálico, brillante; lo llevó ante los ojos de Grasset y lo empezó a balancear rítmicamente.

El Gran Magnetizador, con los ojos quietos, miraba al visitante a través del péndulo, como si empujara el instrumento hacia las pupilas de Grasset, que tenía el corazón acelerado.

El efecto adormecedor comenzaba a notarse en los párpados del visitante. La sugestión se producía con insidiosa eficacia. Grasset tuvo miedo. Rompió a hablar para alejarlo:

—Verdaderamente, maestro Helvetius, es una figura logradísima, soberbia. El autómata más fabuloso que nunca se haya visto. No esperaba que echara a andar: todo un impacto. Y el truco del péndulo: definitivo, un acierto total. Creo que, si sigo aquí, acabará por hipnotizarme de verdad. Con su permiso, voy a hacerme a un lado.

Lo hizo apresuradamente, sin esperar el consentimiento de Helvetius. El autómata siguió moviendo el péndulo con una oscura expresión de triunfo en la cara.

—El período de funcionamiento tiene una duración de tres minutos —informó Hans Helvetius surgiendo del ángulo sin luz—. No puede ser interrumpido. Es preciso que los mecanismos actúen libremente, sin violentarlos jamás por causa alguna. Ahora, él volverá a guardarse el péndulo, dará media vuelta y regresará a su posición inicial. Excuso decirle que el suelo por donde se mueva tendrá que ser perfectamente liso, aunque no resbaladizo, y llano, sin el más pequeño desnivel o inclinación. La figura ha de estar siempre bien equilibrada para que su funcionamiento sea óptimo.

Mientras Grasset observaba cómo El Gran Magnetizador ejecutaba los movimientos que Helvetius había descrito, comentó, más tranquilizado, recuperadas sus maneras de negociante:

—La exhibición pública de este autómata constituirá un enorme éxito, seguro. Todo París querrá ser hipnotizado por él y sentir lo que yo he sentido: un gran escalofrío, puedo asegurárselo.

—No olvide que mis figuras animadas no son meras curiosidades de feria —advirtió Helvetius con severidad—, sino obras depuradas del arte de la mecánica. Es legítimo, y hasta instructivo, que sean ofrecidas a la contemplación pública. Las gentes deben conocer lo que sale de los talleres que combinan la técnica de precisión y el modelado figurativo. Pero las demostraciones tienen que hacerse bajo una impecable dignidad, no en un ambiente de espectáculo vulgar.

—Desde luego, claro, no se preocupe —dijo enseguida Pierre Grasset, obsequioso y solícito—. Ya conoce usted mi establecimiento: es de categoría. Y El Gran Magnetizador tendrá en él un marco especial, como le corresponde a su alta calidad.

—No puede estar mezclado con otras atracciones mecánicas.

—Por cierto que no. La galería principal y las adyacentes continuarán como hasta ahora. Su autómata estará al fondo, debidamente aislado, en una sala especial que le estaba reservada desde la apertura del local. Ya todo está dispuesto para su honrosa ubicación. Será la joya de la casa, se lo aseguro.

—No dudo de su palabra, Grasset. Pero tengo el deber de velar por mis figuras. Cualquier día visitaré su galería de atracciones con el objeto de comprobar estos aspectos. Lamentaría encontrar algo incorrecto, porque ello supondría la ruptura del contrato de cesión.

—No habrá motivo para ello. Garantizado. Llevo demasiado tiempo esperando tener uno de sus autómatas en mi local como para echarlo todo a rodar por un detalle descuidado.

—Me complacerá que todo resulte como espero. Esta misma tarde podremos firmar el contrato de cesión por dos años en la notaría Boulanger. Aquí tiene usted una copia íntegra. Léala con toda atención. Dispone de varias horas, tiempo más que suficiente. Ninguna de las cláusulas es modificable. Tres de ellas tienen especial importancia. El tiempo máximo de funcionamiento del autómata será de tres horas diarias, incluyendo los descansos de dos minutos entre demostración y demostración.

—Sí, sí, lo tengo previsto y calculado.

—Todas las instrucciones de mantenimiento han de cumplirse de manera escrupulosa.

—Hecho. Mis mecánicos son diestros y se aplicarán a ello con esmero.

—Ante cualquier anomalía de funcionamiento que no esté especificada en las instrucciones, se suspenderá la exhibición de inmediato.

—Sin duda. Devolveremos el dinero a los que hayan sacado su entrada y cerraremos la sala.

—Y se me dará aviso sin pérdida de tiempo. Las posibles revisiones o reparaciones sólo podrán ser hechas por mí o por mis ayudantes.

—Queda claro.

—En ningún caso intentarán ustedes desmontar la figura o tener acceso a sus mecanismos interiores.

—Nunca nos atreveríamos a hacerlo —aseguró Grasset, que empezaba a estar un poco abrumado por aquella serie de advertencias, pero decidido a conseguir El Gran Magnetizador a toda costa.

—Y, sobre todo, tenga siempre muy en cuenta que ninguna persona extraña debe ser autorizada a examinar el interior del autómata, ni superficialmente siquiera. Cada uno de mis trabajos contiene innovaciones en mecánica y relojería. Son el fruto más valioso de mi actividad, conseguido tras miles de horas de dedicación. Pero un mecánico rival podría plagiarlos con relativa facilidad en un tiempo incomparablemente menor. Los detalles secretos de mis figuras son vulnerables. En El Gran Magnetizador más que en ninguna otra. El secreto de su estructura interna ha de quedar rigurosamente preservado.

—El autómata estará bajo vigilancia durante las veinticuatro horas del día, me hago responsable de ello.

—El contrato lo obliga bajo pena de una fortísima indemnización.

—Se encargarán de la custodia empleados de toda mi confianza. Respondo de ellos como de mí mismo, señor Helvetius. Además, el secreto del interior de la figura aumentará la fascinación de sus movimientos. Cuanto mayor sea el misterio que rodee a El Gran Magnetizador, más grande será el éxito de su exhibición.

—Estamos de acuerdo. Mis ayudantes iniciarán dentro de unos momentos las tareas de embalaje. Aunque la distancia es corta, conviene efectuar el traslado en condiciones para evitar que la figura sufra el menor desperfecto. ¿Tiene prevista la utilización de un carruaje adecuado?

—Desde luego, maestro Helvetius. Uno de los que se utilizan para el transporte de las más finas porcelanas. Y el tiro de caballos irá sólo al paso. No importa el tiempo que tardemos. ¡El cargamento es muy precioso!

Helvetius le tendió un papel a Grasset, diciéndole:

—Aquí están anotadas las señas de la notaría.

—Sí, gracias. Las conozco.

—También la hora está anotada. Tenemos cita a las cuatro para formalizar el documento.

—Allí estaré, como un clavo.

—No olvide leer el contrato con toda atención.

—A las cuatro podré recitarlo de memoria.

El empresario hizo una reverencia ante Helvetius a modo de despedida y, antes de abandonar la sala, lanzó una última mirada de satisfacción a El Gran Magnetizador.

Al quedarse a solas con el autómata, Helvetius fue apagando los candelabros. Cuando sólo quedaba uno ardiendo, se acercó a la figura con él en la mano. Ambos quedaron frente a frente, como mirándose.

Era el difícil momento de la despedida entre creador y criatura. La emotiva ceremonia se desarrolló en silencio. Al final murmuró Helvetius:

—No te vas muy lejos. Dentro de unos días volveremos a vernos.

Y apagó rápidamente el candelabro.

2 *Julien Barois entra en escena*

MUY pocos habitantes de París sabían que en su ciudad, desde finales de 1817, al fondo de una calleja sin salida y sin nombre, se encontraba el taller de Hans Helvetius, el famoso constructor de autómatas.

Había nacido en Zúrich, hacía algo más de cuarenta años. Antes de llegar a París, había tenido su lugar de trabajo y residencia en diversos países y ciudades, siempre huyendo de las calamidades de la guerra. Su amor por el sigilo y el anonimato era tan acentuado como su prestigio, que había llegado a su máxima expresión en los últimos años gracias a sus prodigiosos androides de tamaño natural. La apariencia de vida de sus figuras, lejos de toda artificialidad, era pasmosa y estremecedora. Sus autómatas estaban en exhibición permanente en las principales ciudades europeas y causaban la más viva admiración.

Pero nada habría contrariado más a Helvetius que ver su taller asediado por curiosos y merodeadores atraídos por su fama. Las escasas personas que conocían dónde estaba su refugio lo ocultaban celosamente. El automatista habría considerado como traición una conducta indiscreta al respecto.

Su taller ocupaba una espaciosa planta baja dividida en varias salas. Una de ellas, la de los espejos, estaba destinada a la presentación de las figuras terminadas. Las otras dependencias, dotadas de abundante luz por un techado de grandes claraboyas, contenían un pequeño arsenal de elementos constructivos. Allí, en estantes y mesas de trabajo, podían verse piernas, brazos, manos, articulaciones, ojos de cristal, pelucas, modelos anatómicos, reproducciones de esculturas clásicas, así como también, en mayor número, ruedas dentadas, engranajes, cilindros perforados, muelles, resortes y toda clase de piezas de relojería y mecánica de precisión. Sólo la dependencia frontal, la que daba a la calleja, tenía un aspecto distinto. Cualquier curioso que atisbara a través de los sucios cristales, dejados en estado de extremo abandono de forma deliberada, no iba a descubrir más que las piezas y utensilios de un modesto taller mecánico dedicado a precarias reparaciones. Casi parecían superfluos los gruesos barrotes de hierro que protegían las ventanas. Nada hacía pensar que allí se construían los autómatas más comentados y aplaudidos de Europa.

El edificio tenía una planta en alto, de superficie mucho menor. Helvetius la había convertido en su austera vivienda de solitario. En aquel sobrio edificio pasaba la mayor parte de sus noches y sus días, entregado de lleno a su trabajo, al margen de la curiosidad del mundo.

La parte posterior de la planta baja terminaba en un altísimo paredón, una verdadera muralla, seguida por una zanja de considerable profundidad. Era imposible ver desde allí el interior del local. Más allá de la gran zanja terminaba París y empezaban los campos baldíos.

Las restantes construcciones de la calleja, todas de una sola planta, consistían en depósitos de grano y almacenes de curtidos, aunque solían estar vacíos. Muy pocas veces habían sido visitados por sus propietarios en aquellos años. Sin duda utilizaban otros almacenes más próximos al núcleo de la ciudad. Aquéllos estaban reservados para tiempos venideros.

Todo ello, unido al hecho de que la zona, al extremo oeste de París, estaba escasísimamente poblada, sin edificios de viviendas por las cercanías, hacía muy infrecuente la aparición de paseantes. Y los pocos que llegaban se alejaban prontamente rechazados por lo inhóspito y sombrío del lugar.

Helvetius sólo frecuentaba la compañía de sus dos excelentes ayudantes. Georges, el mayor, un hombre cercano a los sesenta años, maestro relojero de pulso muy firme y vista más que aguda, llevaba con él casi cuatro años. Jean, que no había aún cumplido los treinta, se había incorporado más tarde, en 1819. Era también un operario muy diestro en tareas de montaje y afinado. Ambos acudían diariamente al taller, excepto los domingos y días festivos de significación. Fuera de ellos, apenas llegaban visitantes. Podían transcurrir semanas enteras sin que se asomara por allí ni un alma.

Por tanto, Hans Helvetius se sorprendió cuando en el atardecer de aquel 3 de mayo de 1821 advirtió que alguien golpeaba con insistencia el portón de entrada.

Como Georges y Jean se habían marchado hacía un rato, pensó que uno de ellos habría olvidado algo. Aún no estaba colocada la gruesa barra metálica que afianzaba la entrada ni corridos los sólidos pestillos que la festoneaban.

Desde la rudimentaria sala frontal, a través de los mugrientos ventanales, entrevió a un hombre bajo y algo entrado en carnes que vestía un elegante sobretodo y llevaba sombrero alto.

Helvetius pensó que se trataba de un exhibidor de autómatas. Algunos de ellos, enterados confidencialmente de sus señas, acudían de vez en cuando para solicitarle la cesión en arrendamiento de una de las figuras.

Abrió la puerta resuelto a comunicarle que no le quedaba ningún autómata libre para alquilar ni iba a tenerlo en muchos meses por delante. Al disponer de visión directa al exterior, divisó fugazmente la silueta de una segunda persona que deambulaba por la calleja. Parecía prestar atención a lo que estaba ocurriendo ante el taller.

—¿Tengo el honor de encontrarme en presencia del maestro Hans Helvetius? —preguntó el hombre que estaba en el umbral, quitándose el sombrero.

—Dígame qué causa le hace pronunciar ese nombre —solicitó el automatista, retrasando el momento de identificarse por si ello lo ayudaba a terminar antes con la visita.

El hombre bajo dudó un momento y dijo:

—Aunque me desagrada, no puedo ser totalmente explícito si no tengo la certeza de estar hablando con la ilustre persona que he mencionado. Se trata de un asunto personal y reservado.

Por no eternizar el diálogo, Helvetius se decidió a manifestar:

—Sólo pregunto lo que me corresponde saber. Yo soy la persona que busca.

El recién llegado estudió con atención el rostro del automatista. Parecía estarlo comparando con la descripción o idea que de él tenía. El examen resultó satisfactorio porque dijo, inclinándose:

—Me siento muy honrado al conocer a un hombre de su fama, maestro Helvetius. Y ahora, permítame que me presente ante usted. Soy Julien Barois, abogado internacional. Actúo en diversas naciones del continente —Helvetius percibió entonces que bajo su correcta dicción se adivinaba una sombra de acento inglés, pero no prestó mayor atención al detalle y siguió escuchando—. Mi bufete, por así decirlo, es itinerante. Un poco aquí y un poco en muchas otras partes. En fin, son los nuevos tiempos, como usted sin duda comprenderá.

Al notar un gesto de impaciencia en el automatista, Barois entró en materia:

—He venido a hacerle una propuesta que no dudo en calificar de extraordinaria. Mi misión consiste en exponérsela con todo detalle y llegar a un trato.

Ante el silencio inexpresivo de Helvetius, añadió:

—Como es lógico en un letrado de mi especialidad, esa gran propuesta se la voy a hacer en nombre de una persona extranjera.

—¿Es esa persona la que está aguardándole? —inquirió el automatista, aludiendo al personaje que había vislumbrado antes y que en aquel momento no estaba a la vista.

Sin negar que había alguien en las proximidades, Barois movió la cabeza negativamente:

—En modo alguno. Mi cliente no ha estado nunca en Francia.

—¿Quién es, pues, el individuo que hace un instante

parecía estar atento a los resultados de su llamada a mi puerta? —quiso saber el automatista, sin suavizar sus maneras hurañas.

—Se trata de un empleado mío —aseguró el abogado con una sonrisa que parecía quitarle toda importancia a la cuestión—. Forma parte de las necesidades de un bufete itinerante.

—Dispongo de muy poco tiempo —anunció Helvetius sin franquearle el paso a su interlocutor—. Éstas son mis horas de descanso.

—Oh, desde luego, claro —se apresuró a decir Barois, dolido y amable—. Lamento lo tardío de la hora, pero he creído más conveniente hablar con usted a solas.

—Sea, si ha de ser brevemente. Dígame, pues, ¿quién le envía a mí?

—Un gran protector de las ciencias y las artes.

—¿Quién es ese caballero?

El abogado dijo bajando la voz:

—Como el asunto tiene diversos aspectos, me tomo la libertad de sugerirle, para mayor comodidad de usted, que lo tratemos en el interior.

La forzada cortesía del abogado desagradaba a Helvetius. Además, le parecía extraño que «un gran protector de las ciencias y las artes» utilizara como embajador a aquel individuo. Lo imaginaba más en su papel sugiriendo argucias legales a comerciantes o actuando como mediador en asuntos de índole turbia. Con todo, no quiso mostrarse excesivamente abrupto y, con la esperanza de poner fin más rápidamente a la cuestión, accedió a darle entrada.

Barois no pudo disimular la sorpresa que le causó el aspecto mísero de la primera sala del taller. No había comprendido aún que se trataba de una escenografía para ocultar las actividades que se llevaban a cabo en las restantes. Sin embargo, omitió todo comentario.

Su rostro se animó al descubrir la distinta naturaleza de la siguiente sala. Aunque débilmente iluminada por unos pocos velones encendidos, revelaba al instante la peculiar profesión de Hans Helvetius.

La entrevista prosiguió con los dos hombres sentados en incómodos taburetes de madera. Tras aclararse exageradamente la garganta, el abogado expuso:

—El nombre del caballero que me envía deberá permanecer ignorado.

—No acostumbro a hacer tratos con quienes me ocultan su identidad.

—Lo comprendo. Pero, en esta ocasión, las circunstancias aconsejan lo contrario. O mejor, lo exigen. No se trata en modo alguno de una desconsideración hacia su persona, maestro Helvetius. Mi representado es un caballero sometido a graves responsabilidades públicas. Necesita proteger el carácter privado de algunas de sus actividades. Ello lo obliga a tomar ciertas precauciones. Todos los personajes de su posición lo hacen. Es comprensible.

—¿Se trata de un político o un diplomático? No veo qué interés puede tener en mi trabajo, a menos que se trate de un coleccionista, claro.

—Es mucho más que un simple coleccionista de objetos de arte. En su esfera privada es un auténtico mecenas. Y admira fervientemente los logros de la ciencia y la técnica. Conoce bien, por tanto, la reputación inigualable de Hans Helvetius.

—Motivo de más para que no necesite refugiarse en el anonimato al establecer relación conmigo.

—Los personajes encumbrados o de gran talento tienen sus manías, sus peculiaridades. Usted mismo, sin ir más lejos, es también a su manera amante del misterio, si me permite la libertad. ¡No sabe cuánto me ha costado averiguar dónde podría encontrarle!

—Pero al fin lo ha conseguido. ¿Me ocurrirá lo mismo en lo que respecta a su enigmático representado?

—No, señor Helvetius, sobre esto tengo que serle muy sincero. Usted nunca sabrá quién es mi distinguido cliente. O por lo menos, no mientras él estime conveniente mantener el secreto. Es más: bajo compromiso de honor, le rogamos que ni siquiera intente adivinarlo.

Helvetius se puso en pie resueltamente.

—En tal caso, nada tenemos que hablar. Respetaré mejor el anonimato de ese notable si dejamos de hablar de él y damos por terminado el encuentro.

Barois, sin hacer intención de levantarse, miró al automatista como si se tratara de un muchacho obstinado al que tenía que convencer. Sin duda, el abogado había previsto la resistencia de Helvetius a entrar en conversación con aquel obstáculo de por medio. Modificó su tono e introdujo un nuevo argumento:

—Puede haber mucho dinero en juego, en confianza se lo digo. Y creo que usted merece obtenerlo. Siempre es beneficioso para un artista que un gran mecenas se encapriche con su obra.

—Depende —dijo el automatista, todavía de pie, dando cada vez más muestras de impaciencia.

—Si me deja proseguir con mis explicaciones, todo resultará más comprensible. Apelo a su benevolencia.

—Los inicios oscuros suelen llevar a una oscuridad mayor aún.

—No en este caso, estoy seguro de ello. Vuelva a tomar asiento, maestro Helvetius: se lo agradeceré como la mayor de las deferencias.

El automatista lo hizo. Pero en su fuero interno estaba decidido que la próxima vez que se levantara acompañaría al abogado hasta la puerta sin darle ocasión a nuevas argumentaciones. Barois prosiguió:

—La extraordinaria propuesta de la que le he hablado tiene que ver, naturalmente, con la construcción de un autómata.

—Pues ha venido usted en el peor momento. No estoy ahora interesado en la construcción de nuevas figuras individuales. Mi próximo proyecto va a consistir en un gran teatro mecánico completo, con veintidós figuras propias y muchos accesorios escenográficos móviles. Ello absorberá todo mi tiempo durante los próximos años.

El abogado quedó un tanto descorazonado al oír aquello. Pero asimiló el dato para utilizarlo más adelante. Enseguida, recuperó su talante conciliador y sugirió:

—Entre los que usted ha construido hasta ahora, ¿no habría alguno disponible en el que se pudieran introducir ciertas modificaciones?

—Ninguno.

—¿Los ha vendido todos?

—Ni uno solo. Los tengo cedidos temporalmente en arrendamiento. Todos tienen contrato en vigor. Ninguno expira antes de diez meses.

Barois encajó aquella información con visible contrariedad. Pero era hombre habituado a encontrar salida en las situaciones más desfavorables y embarulladas. No tardó en proponer algo elemental:

—Un contrato puede cancelarse anticipadamente si se indemniza a la otra parte. Mi cliente aceptaría cubrir ese gasto suplementario si uno de los autómatas en alquiler pudiera servir de base para crear el nuevo.

—Son piezas definitivas, registradas y catalogadas. Ni yo mismo me creo con derecho a introducir en ellas la menor modificación. Pero existen otros constructores de autómatas. Cualquiera de ellos aceptará gustosamente el encargo de ese desconocido caballero.

Como protestando por lo que había oído, el abogado recitó un párrafo que traía muy bien aprendido:

—¡Los otros automatistas no consiguen, ni por asomo, la perfección que se advierte en sus figuras, maestro Helvetius! Hacen androides toscos, que ejecutan apenas cuatro o cinco movimientos. Muchas veces no pasan de ser bustos levemente animados o figuras de ridículas dimensiones. Sólo usted es el digno sucesor de los Jacquet-Droz, de Vaucanson, de Camus de Lorrain, de Von Knaus, de los Maillardet, de los grandes precursores del siglo pasado. Sólo usted ha logrado una asombrosa y total apariencia de vida en los autómatas de tamaño natural. Eso está fuera de discusión. Todo buen conocedor lo sabe, y ninguno mejor que mi cliente.

—Gracias —dijo secamente Helvetius, insensible a los halagos de Barois.

—No he venido aquí por azar, sino convencido de que

es usted el único artífice capaz de complacer a quien me envía. Y él sabrá mostrarse generoso, no lo dude.

—Me temo que no podré darle la oportunidad de hacerlo.

—Su proyecto de un teatro mecánico es fascinante. Pero requerirá, a buen seguro, una fuerte inversión. ¿Cuenta usted ya con los apoyos financieros necesarios?

Aunque algo tenso, Helvetius respondió sinceramente:

—Los banqueros y empresarios prefieren las inversiones que puedan dar rendimiento a corto plazo. Es pronto aún para obtener recursos. El período de construcción será prolongado. Por el momento, lo iniciaré con mis propios medios. Más adelante, veremos. No me preocupa demasiado.

—En sus manos está no tener que esperar tanto. A mi cliente le entusiasmará la idea de su teatro automático. Estoy seguro de poder convencerle para que haga una aportación cuantiosa al proyecto. Me refiero, por supuesto, a una entrega a fondo perdido. No olvide que se trata de un acaudalado filántropo. Ha hecho muchas donaciones. Siempre a obras de valía, como la suya lo será, señor Helvetius. ¡Ningún artista ha de desdeñar aquello que puede dar realidad a sus ideas!

—¿Qué se supone que tengo que hacer para granjearme el favor y la ayuda de ese filántropo? —preguntó, escéptico, el automatista—. ¿Un nuevo androide?

—Sí. Pero no una figura más de las de su repertorio. Deberá ajustarse a características muy determinadas.

—Si ustedes son conocedores de mis realizaciones, ya saben qué tipo de autómatas construyo.

—Lo sabemos y los admiramos. Pero el que le queremos solicitar está ya en la mente de mi representado, con rasgos físicos concretos, fijados de antemano.

—Nunca he construido autómatas basándome en instrucciones previas. Todos los he hecho a mi antojo, sin imposiciones. No sabría trabajar de otra manera.

—Su maestría le permitirá hacer una excepción en este caso.

—¿Qué clase de figura desea su anónimo cliente? ¿Un mago? ¿Un flautista? ¿Una adivina? ¿Un faquir? ¿Una tocadora de clavicordio? ¿Un astrólogo?

—Nada de eso. Simplemente una dama, una mujer aún joven, sin otros atributos escénicos que los de una indumentaria distinguida y sobria.

Helvetius puntualizó:

—Los atributos escénicos confieren personalidad y atractivo a los autómatas.

—A los destinados a exhibición pública sí, sin duda. Pero no es lo que se desea en esta ocasión, sino una figura para el disfrute privado de una sola persona.

—¡Una dama aún joven! Es una propuesta indefinida, sin referentes ni datos de carácter, totalmente ambigua.

—Por el contrario, es muy concreta, puesto que usted dispondrá de un modelo.

La perplejidad de Hans Helvetius fue considerable:

—¿Un modelo humano para construir un autómata?

—Exactamente.

—¡Inaudito!

—Se trata de una propuesta fuera de lo común, ya se lo he dicho.

—Los pintores y escultores están acostumbrados a estas peticiones. Algunos se dedican por entero a hacer retratos. Pero nunca a un constructor de autómatas le fue hecha proposición semejante. Hay en ello algo anormal, morboso. No me gusta la idea.

—No hay morbosidad alguna, maestro Helvetius, se lo aseguro. Es tan sólo el muy especial y secreto antojo de un hombre inmensamente rico.

Helvetius seguía imaginando la situación planteada:

—Y esa dama, claro, vendría aquí para posar ante mí. No, no podría hacerlo. Es algo disparatado, fuera de lugar en un taller mecánico. Lo lamento, abogado Barois, pero no podremos entendernos.

—No se trata de una mujer real, si es eso lo que le preocupa.

—¿No? ¿Es tan sólo imaginaria, un ser que sólo existe en la mente de ese hombre rico?

—Usted lo ha dicho.

Helvetius se removió en su asiento como si tratara de escapar a un enorme despropósito.

—¿Cómo, entonces, podría servirme de modelo? ¿A través de confusas descripciones verbales?

—Dispondrá usted de una figura de cera de gran perfección y realismo. Ése es el modelo al que he aludido.

La inesperada aclaración sólo despejó en parte los recelos y dudas del automatista:

—Pero ¿existe o ha existido alguna vez en carne y hueso la mujer representada en cera?

—No, nunca —aseguró Barois con rotundidad—. Ya se lo he dicho. Es una quimera convertida en materia. Exquisitamente. Su único inconveniente es el de estar falta de movimiento. Una figura creada por usted a su imagen y semejanza la dotaría de vida. O de su perfecta apariencia, que en este caso es lo mismo.

El abogado dejó transcurrir una pausa mientras observaba la silenciosa actitud de Helvetius. Luego añadió:

—Ya conoce usted la naturaleza del encargo. A usted le corresponderá fijar el precio. No habrá problemas al respecto. Mi cliente entiende que la satisfacción de su deseo será costosa, muy costosa. Está dispuesto a pagar una alta suma. Y doy por hecho que, aparte, le entregará una importante donación para el futuro teatro mecánico. Se trata de una operación redonda para usted, si me permite la expresión.

El automatista continuaba en su ausencia reflexiva. Barois prefirió mantenerse a la espera, sin hablar, para que lo ya dicho hiciera mella en su interlocutor.

Al fin, Helvetius preguntó:

—¿A qué lugar debería desplazarme para ver la figura de cera?

—A ninguno. Le será entregada aquí para que pueda usted examinarla con calma.

—En modo alguno he dado a entender que aceptaba el encargo. Lo más probable es que decida rechazarlo.

—La llegada de la figura no le obligará a usted a nada. Decidirá después de haberla visto. Si no accede a construir el autómata, le será retirada y no volveremos a hablar del asunto.

—¿Por qué cree que la contemplación de la figura de cera bastará para convencerme, Barois?

—No lo creo: lo deseo, maestro Helvetius. Yo tengo un interés profesional en el buen fin de esta negociación porque de él dependen mis honorarios de mediador. Nada más.

—¿Dónde está la figura de cera actualmente?

—Eso no puedo decírselo. Forma parte del secreto de la personalidad de mi cliente. En todo caso, la imagen está en disposición de ser transportada enseguida.

—¿Cuánto tiempo llevaría su traslado?

—En diez o doce días puede usted tenerla aquí.

Helvetius tomó la decisión. Estaba convencido de que nunca construiría aquel autómata, pero algo le hacía desear no desvincularse del asunto tan pronto. Y sentía verdadera curiosidad por ver la figura de cera. Sin embargo, formuló su respuesta con aspereza:

—Bien, sea. Examinaré la imagen ya que tan fácil me lo pone. Pero le prevengo: lo más seguro es que todas esas molestias no les sirvan de nada.

—No importa. Mi misión consiste en intentar que den resultado. Por eso estoy aquí, al servicio de quien me manda. Cuando haya visto usted la figura de cera, volveré a visitarlo. No quiero molestarlo más ahora. Gracias por el privilegio de su hospitalidad.

Al abrirle el portón exterior al abogado, Helvetius vio al individuo que esperaba a Barois. Ahora estaba mucho más cerca, apoyado en el muro de uno de los almacenes contiguos. No parecía un empleado de bufete. Vestía un tosco blusón y llevaba gorra. En sus pies se adivinaban unas humildes alpargatas. No se podía distinguir su cara. Tenía todo el aspecto de un mozo de cuerda en actitud ociosa.

Barois se despidió ceremoniosamente y echó a andar

hacia la salida de la calleja. Cuando llegó a donde estaba el otro hombre, éste se le sumó y ambos continuaron caminando juntos. Iban, aparentemente, en silencio. No se volvieron ni una sola vez antes de desaparecer por la esquina.

3 *La desconocida, en París*

HABÍAN transcurrido dieciséis días. La visita del abogado quedaba ya lejos, casi olvidada. Helvetius había llegado a pensar que la entrevista con Barois podía haber sido un tanteo para averiguar sus planes futuros. Sus competidores, deseosos de saber qué tenía entre manos, recurrían a veces a pintorescas artimañas.

De ser cierto algo semejante, nunca vería la figura de cera. No existía tal imagen. Había sido tan sólo un subterfugio para sonsacarlo. Sonreía en ocasiones al recordar al misterioso filántropo extranjero. Otra invención, igualmente falsa.

Pero, a media tarde del 19 de mayo, un furgón con un tiro de dos caballos se detuvo ante el taller. Georges fue el primero en ver el vehículo a través de los cristales sucios. Enseguida, un cochero llamó al portón con contundencia.

—¿Maestro Hans Helvetius? —le preguntó a Georges.

—Sí, aquí es.

—La caja que traemos viene con estas señas. Si nos ayudan, la descargaremos en un momento.

Helvetius y Jean se sumaron a Georges y los tres salieron a la calleja, donde aguardaba un segundo transportista.

Los cocheros abrieron las puertas traseras del vehículo. La fúnebre visión quedó al descubierto. Una gran caja de madera que recordaba un ataúd parecía flotar en el interior del carruaje.

Un sistema de tirantes de cuero la mantenía en aquella posición, a media altura, sin contacto con la estructura del furgón. De aquel modo se protegía la mercancía de las vibraciones del traqueteo. Las inscripciones «Muy frágil» y «Manejar con cuidado» figuraban repetidamente en la superficie de la caja.

Mientras el primer cochero soltaba los tirantes, el otro, con la ayuda de Georges y Jean, sostenía la caja en brazos. Helvetius observaba las manipulaciones al pie del furgón. Dudaba entre permitir que continuaran la descarga o rehusar el envío. Finalmente, no manifestó oposición y siguió contemplando la maniobra en silencio.

El peso de la caja no era excesivo. La bajaron sin dificultad. Tres hombres bastaban y sobraban para introducirla en el taller. El transportista que había soltado las suspensiones se acercó a Helvetius con un papel en la mano.

—Por favor, tiene que firmarme el justificante de entrega.

—¿Desde dónde viene la mercancía?

—Llegó por el río. Fue desembarcada esta mañana en el muelle de la Cité. Pero no sabemos de dónde venía.

—¿Quién la envía?

El cochero miró en la hoja de entrega.

—No figura. Los gastos están pagados.

—¿Quién hizo el pago? ¿Qué aspecto tenía? —preguntó Helvetius, pensando que la descripción coincidiría con la del abogado Barois.

—Nosotros no lo vimos. Eso lo sabrá Jacques, el encargado. Si tiene interés, vaya al muelle y pregunte.

El automatista firmó el acuse de recibo y luego miró si había alguien en las proximidades observando la escena. No vio a nadie.

—Asunto concluido. Vamos —dijo el otro transportista saliendo del taller.

—Señor, hasta la próxima —se despidieron.

Al momento, el furgón emprendió el regreso. Sus rodadas quedaron marcadas en el polvo. Helvetius, todavía pensativo, entró en el taller.

Georges y Jean habían colocado la caja en posición vertical, según lo indicaban unas flechas pintadas con tal fin. Esperaban instrucciones, desconcertados. Nada sabían de la visita de Julien Barois.

Helvetius sometió el embalaje de madera a un minucioso escrutinio. Rodeó la caja una y otra vez y se encaramó a un taburete para examinar su parte superior. Ciertas zonas parecían haber sido raspadas para eliminar marcas que pudieran dar idea de su procedencia y de los lugares por donde había pasado en su ruta hasta París.

—¿Qué hay en la caja? —preguntó Georges.

—Probablemente, una figura de cera. Vamos a comprobarlo.

Desarmar el embalaje fue arduo. Había una doble estructura de madera con un relleno intermedio de amortiguación. El interior estaba embutido con jirones de tela arrugada para el mejor acolchamiento de la figura. Ésta, además, venía enfundada en una especie de sudario. La parte correspondiente a la cabeza y a las manos tenía un envarillado de alambre como protección adicional. Los pies estaban fijados a una placa que era la base de sustentación.

Antes de llegar al descubrimiento de la estatua, Helvetius indicó:

—Guardaremos todos los rellenos. Muy pronto tendremos que colocarlos como estaban para volver a embalar la figura. Quizá mañana mismo.

Dejó de tomar parte en la tarea, se alejó unos metros y dijo:

—Continuad, con cuidado.

Esperó mientras ellos proseguían. La luz de la tarde, ya menguante, caía por las claraboyas. Todo se desarrollaba en gran silencio.

Georges y Jean dejaron primero al descubierto la mitad inferior, ya que el sudario constaba, en realidad, de dos partes. Así apareció la falda de un vestido de muselina de color burdeos muy oscuro, como el rojo casi negro de una sangre muy antigua. Sencillos volantes plisados la adornaban.

Después, poco a poco, descubrieron el resto del vestido. El cuerpo era liso, sin adornos, y las mangas, largas, ligeramente abombadas. El cuello, cerrado, severo, tenía una pequeña gorguera de encaje.

La cabeza era anormalmente abultada. Pronto supieron la causa. Tenía colocado un sombrero negro del que colgaba un velo del mismo color, ocultando completamente la cara. Aquel tocado le daba a la imagen un cierto aire lúgubre.

—¡Esperad! No le quitéis aún el sombrero. Quiero ver el efecto de la indumentaria.

Helvetius no sabía por qué había dado orden de retrasar el descubrimiento de la cara. Se preguntó entonces si realmente deseaba verla. Después, pensando que sus dudas no tenían motivo, dijo:

—Adelante.

Retiraron el sombrero con gran precaución. La cara apareció intacta. A simple vista se apreciaba la gran calidad del trabajo. Sin duda, se trataba de la obra de un consumado artífice. La apariencia de vida, aun en su inmovilidad, podía considerarse excelente en todos sus detalles.

Mostraba a una mujer rondando la treintena. El rostro era ovalado, con las mejillas tan finamente coloreadas que parecía vislumbrarse en ellas un asomo de rubor. Los ojos, negros, brillaban con un destello de consciencia. Los cabellos, no muy largos, sencillamente peinados, eran negros también.

No se trataba de una mujer de especial hermosura ni parecía extraordinaria en ningún aspecto. Era difícil de creer que aquella figura fuese la plasmación de los ideales de belleza femenina de un hombre refinado. Mujeres como aquélla podían verse a diario por las calles.

Su expresión facial, sin embargo, merecía mayor atención. Si se la observaba fijamente, como estaba haciendo Helvetius, desconcertaba. En una primera ojeada parecía plácida e inexpresiva. Pero, a medida que se la iba mirando, expresaba una oscura aprensión y un temor difuso que la ensombrecían de manera misteriosa.

La sensación era muy extraña. Parecía que la figura tuviese consciencia de haber hecho un largo viaje para despertar en un lugar desconocido, hostil: era como si el ambiente del taller la amedrentara.

La luz del día declinaba ya rápidamente. Helvetius les dijo a sus ayudantes:

—Tomad dos velas cada uno y encendedlas. Quiero hacer una prueba.

Cuando Georges y Jean cumplieron lo ordenado, les indicó:

—Ahora, sosteniendo las velas a distintas alturas, caminad despacio alrededor de la imagen, en sentido contrario el uno al otro.

Los dos ejecutaron enseguida sus evoluciones con las velas encendidas. Mientras, el automatista no dejaba de mirar el rostro de cera.

Los cuatro puntos luminosos en evolución produjeron su efecto. Al proyectar variaciones y alternancias de luz y sombra sobre la figura, creaban la ilusión de que la mujer de cera se movía.

Se hubiese dicho que aquél era el procedimiento adecuado para arrancarle al rostro su secreto. Reveló diversas expresiones que hasta entonces habían permanecido ocultas. En ciertos intervalos de la cambiante iluminación denotaba una gran fuerza interior, una energía intensa y desconocida. Otras veces parecía contraerse en una mueca asustada. En ciertos momentos sonreía de manera muy enigmática.

Georges y Jean observaban de reojo a Helvetius. Él parecía estar captando un mensaje sólo a sus ojos destinado. Casi había olvidado que estaba contemplando una figura inanimada.

Georges le susurró a su compañero:

—Esta mujer de cera se va a quedar aquí. No tendremos que embalarla de nuevo, ya lo verás.

El rumor de la voz sacó a Helvetius de su ensimismamiento. Como dándose cuenta de que sus colaboradores ya llevaban un buen rato dando vueltas en torno a la figura, les dijo:

—Gracias, dejadlo ya. Perdonadme por haberos tenido tanto tiempo así. Ayudadme ahora a llevarla a la sala de los espejos.

Allí la colocaron, en el centro. El techo de aquella estancia apenas tenía claraboyas, y las pocas que había ya sólo filtraban la luz casi muerta de la anochecida. Encendieron un gran número de candelabros. La figura se propagó de unos espejos a otros, como una profusión de mujeres iguales en un baile enigmático.

—Por hoy hemos terminado —decidió Helvetius ante lo avanzado de la hora, y añadió—: Jean, te agradeceré mucho que mañana hagas lo siguiente: antes de venir aquí, pasa por el muelle de la Cité y busca a un hombre que se llama Jacques. Es el encargado de la agencia que trajo la figura. Pregúntale quién pagó los gastos del transporte y haz que te describa a esa persona. Luego tantéale acerca de la procedencia de la caja. Llegó por el Sena. Él debe saber de dónde venía. ¿Lo recordarás o te lo repito?

—Está todo aquí dentro —dijo Jean señalándose la frente.

Al quedar a solas en el edificio, el automatista volvió a sumirse en la estancia de los espejos. Contemplaba la figura recordando las contradictorias expresiones que había visto en su cara. Ahora la mujer reposaba. Sólo el leve temblor de alguna llama le daba en ciertos momentos apariencia animada.

Permaneció largo tiempo allí, mirándola. Poco a poco, sin que él lo notara, mariposas nocturnas invadieron la sala. La figura despedía un aroma dulce, de cera perfumada. El ambiente estaba impregnado por una remota e imperceptible magia.

Helvetius advirtió más tarde que, a menudo, ardían mariposas en las llamas. Descubrió las muchas que revoloteaban por el aire. No comprendió cómo habían entrado tantas.

Para poner fin a los pequeños holocaustos, apagó todas las velas de los candelabros.

4 *Nadie deberá saber que existe*

El 22 de mayo, tres días después de la recepción de la figura, el abogado Julien Barois hizo de nuevo acto de presencia. Escogió la misma hora que en su primera visita. Helvetius pensó que había estado en las inmediaciones esperando a que Georges y Jean se marcharan. Barois prefería actuar en ausencia de testigos.

La figura de cera estaba arrinconada en un pequeño cuarto de herramientas y utensilios, donde apenas había sitio para ella. La puerta de la minúscula habitación había quedado abierta, por lo que el abogado se dio cuenta de la relegada ubicación de la imagen. Su rostro se ensombreció por un instante. Luego, sobreponiéndose al mal efecto que le había causado aquel indicio, sonrió amablemente y dijo:

—Estoy aquí con mis mejores esperanzas. Confío en que la mujer de cera habrá impresionado su alma de artista.

—Es un excelente trabajo —comentó el automatista acercándose a la figura como un frío tasador—. Pero nada dice acerca de sí misma. Tendrán que ser sus palabras, Barois, las que me pongan en antecedentes.

El abogado dirigió una mirada fugaz a la mujer de cera y apartó la vista enseguida. Luego se sentó, dándole la espalda, mientras decía:

—La belleza del modelado es más elocuente que mis pobres palabras. Ante la suprema grandeza del arte no hay más actitud posible que el silencio.

Helvetius relajó sus facciones y sonrió:

—Con tantos silencios, la negociación languidecerá sin remedio. Vamos, Barois, dígame ya quién es ella.

—En esencia, todo quedó dicho en nuestro primer encuentro.

—Si quiere mi colaboración, tendrá que ceder en algunos aspectos.

—Cederé en todo lo que esté a mi alcance hacerlo.

—¿Quién es la mujer que sirvió de modelo?

—Se lo dije el otro día con toda claridad: nadie. Es una figuración, un personaje imaginario. ¿No lo son también sus autómatas?

—Mis autómatas son figuras escénicas, no reproducciones de personas vivas.

Barois, armándose de paciencia, como si pugnara con alguien obstinado en no creer algo obvio o fácilmente comprensible, arguyó:

—Es la perfección de la figura lo que le hace a usted pensar que representa a una persona real. Pero no es así, estoy en condiciones de poder asegurárselo.

—Por lo que veo, sigue usted defendiendo la idea de que todo se reduce al extravagante capricho de un caballero muy rico.

—Así es, desde luego, porque ésta es la verdad. Pero no piense ni por un momento que ello le resta seriedad al trato. Como comprenderá, nadie desperdiciaría esfuerzos enviando una valiosa figura de cera a su taller, exponiéndola a sufrir daños durante el viaje, si no tuviera un auténtico interés en todo esto. Además, muy pronto le ofreceré una prueba indudable de la solvencia y generosidad de mi cliente.

—Supongamos que yo estuviese dispuesto a construir el autómata sólo en el caso de que ustedes me informaran, con toda exactitud y de manera comprobable, acerca del uso que se le va a dar a la figura mecánica, el lugar o lugares donde estará y las personas que tendrán acceso a ella.

—Eso es de todo punto imposible, como bien le aclaré el otro día. Se le pide que construya el autómata y luego lo deje a mi cuidado, una vez efectuado el último pago. Después, ya nadie lo vinculará a esa figura y nada sabrá usted de ella.

—Sería, pues, digamos, una venta incondicional.

—Exactamente.

—En este tipo de transacciones es de rigor el establecimiento de un contrato notarial para que luego no haya dudas acerca de quién es el propietario del autómata. Aunque usted tenga plenos poderes como negociador, en el documento deberá constar por cuenta de quién actúa. Por tanto, la identidad del verdadero comprador quedará desvelada.

—No será necesario ningún acto notarial en este caso, señor Helvetius. Estableceremos un contrato de honor. Nos basta con su palabra.

—¿Y a nombre de quién deberá quedar inscrito el autómata en el Registro de Patentes y Artes Industriales?

—A ningún nombre. No se registrará. Nadie deberá saber que existe.

—Estas nuevas exigencias hacen que la propuesta sea aún más sospechosa.

—¿Sospechosa? —inquirió Barois con un asomo de indignación—. Hablemos claro: todo esto es la locura de un gentilhombre acaudalado que no sabe en qué gastar su dinero. Si quiere saber mi opinión, con toda crudeza le diré que me parece una soberana estupidez poseer secretamente un autómata para hacerlo funcionar en ratos de aburrimiento. Pero ese hombre nada en la mayor abundancia. ¿Por qué no ha de darse el gusto si le sobra dinero para pagarlo? Y seamos prácticos: su estrafalario capricho nos puede beneficiar a ambos, y en especial a usted, que es la persona clave.

El abogado debatía el asunto con tal ardor que Helvetius empezó a pensar que estaba defendiendo algo más que una sustanciosa comisión. Lo imaginó obligado por más oscuras y complejas circunstancias, pero se abstuvo de insinuárselo. En lugar de ello, volvió al punto anterior:

—De modo que nadie deberá saber que existe.

—Efectivamente. Confiamos en su completa discreción y en la de sus ayudantes. Mi cliente no quiere que circule la menor noticia que pueda originar suposiciones o comentarios. Por cierto, aunque ahora ya carece de importancia, hemos sabido que uno de sus mecánicos estuvo haciendo preguntas en el muelle de la Cité. No pudo averiguar nada, claro. Estaba previsto que usted podría intentar una pequeña indagación para descubrir el lugar de procedencia de la figura de cera. Hasta ahora estaba en su derecho de hacerlo. Pero si cerramos el trato, entenderemos que usted se compromete, también bajo solemne palabra de honor, a no llevar a cabo ninguna pesquisa, ni durante la construcción del autómata ni después de ella, y a guardar el secreto del acuerdo con absoluta lealtad.

En vez de decir lo que pensaba, Helvetius se comportó como un constructor preocupado por aspectos prácticos:

—El sitio donde va a estar el autómata podría ser desconocido para todo el mundo, menos para mí. A pesar de su buena construcción, puede sufrir desgaste por el uso, necesitar alguna reparación delicada, atenciones de mantenimiento...

—Por eso no tiene que preocuparse —le cortó Barois, que interpretaba como señal esperanzadora el hecho de que el automatista entrara ya en pormenores—. Tengo la impresión de que su poseedor va a someter al autómata a un uso muy moderado y cuidadoso. Y si alguna vez se ve en la necesidad de acudir a usted a causa de cualquier anomalía de funcionamiento, será cosa de él decidir entonces si quiere hacerlo o no.

Siguiendo en la línea de aparentar que estaba medio convencido, Helvetius apuntó:

—Se me hará muy extraño desprenderme de una de mis figuras para siempre.

Julien Barois aprovechó la ocasión e introdujo un nuevo argumento:

—Éstas son las condiciones ahora, pero, quién sabe, tal vez con el tiempo nuestro hombre acabe cansándose del autómata y decida deshacerse de él en pública subasta, o quizá se lo ofrezca a usted a un precio irrisorio, infinitamente menor al pagado. ¿Se lo imagina? Un autómata del maestro Helvetius del que nadie tenía conocimiento sale inesperadamente a la luz pública. Eso acrecentaría su leyenda. ¡Un golpe de efecto, un toque novelesco de lo más a tono con el mundo siempre misterioso de los autómatas! ¿No le parece?

Helvetius, distendido, se permitió un comentario irónico:

—Más sensación causaría divulgar toda la historia desde un principio.

Barois rió forzadamente y dijo:

—Es verdad. Lástima que no sea posible.

En aquel momento sonaron varios golpes en el portón de entrada. Helvetius hizo ademán de ir a averiguar quién era, pero el abogado lo detuvo:

—Creo saber de quién se trata. Nos queda por zanjar lo más importante —anunció, asumiendo un tono de trascendente seriedad—. Estoy en condiciones de hacerle entrega, antes de un minuto, de una fuerte suma de dinero en calidad de anticipo. Creo que por sí sola constituye la cantidad mayor que jamás ha sido pagada por un autómata. Y no se trata más que de un anticipo, insisto. Y ahora, si me disculpa un instante...

El abogado se dirigió con presteza al sucinto taller delantero y abrió el portón. Momentos después reaparecía ante Helvetius acompañado por un individuo andrajoso y desastrado. Su rostro estaba tiznado y sus manos parecían acumular suciedad de años.

Barois presentó al calamitoso vagabundo diciendo:

—Es uno de mis colaboradores más eficaces. Siempre está donde tiene que estar y con el disfraz adecuado.

El automatista se preguntó si sería el mismo hombre que el día anterior esperaba al abogado con ropajes de mozo de cuerda. Entre ambos había semejanza, pero no le era posible asegurarlo.

El recién llegado, bajo la atenta mirada de Barois, iba desenrollando parsimoniosamente una abultada faja que recubría su abdomen.

El abogado llenó la espera diciendo:

—Yo nunca cometería la temeridad de llevar encima una suma importante de dinero. Incluso en una ciudad ordenada como París, un caballero está expuesto a verse asaltado en plena calle, y más aún en estos andurriales solitarios. Pero ¿quién podría adivinar que él, con este aspecto, es portador de lo que usted va a ver ahora?

Bajo la faja había aparecido una especie de faltriquera de cuero provista de varias hebillas. El falso vagabundo la colocó sobre una de las mesas, entre ruedecillas, pernos y tornillos, a la vista de Helvetius, y procedió a su apertura. Cuando el atadizo quedó abierto, mostró su espectacular contenido.

Barois lo describió enfáticamente:

—Aquí hay tres mil libras del Banco de Inglaterra; dos mil francos en Deuda Consolidada del Estado francés, libremente negociable, y una suma equivalente en táleros de oro. Una pequeña fortuna. Éste es el anticipo del que le he hablado. A la entrega del autómata, recibirá el doble de las cantidades que está viendo, más una aportación muy generosa y totalmente desinteresada para el futuro teatro automático.

Tras una pausa solemne, el abogado remachó:

—Como usted puede comprobar, mi cliente paga de modo principesco sus extravagantes caprichos. No hay quien se resista ante semejantes argumentos, ¿verdad?

Tanto los billetes y monedas como los títulos tenían todo el aspecto de ser auténticos. Helvetius, sin rebajarse a tocarlos, estimó que si no había exactamente las cantidades que Barois había dicho, se acercaban mucho a la verdad. Pero ni siquiera parpadeó.

Y estaba igualmente inmutable cuando dijo:

—Este dinero está fuera de lugar aquí. Han corrido ustedes un riesgo innecesario, ya que de ningún modo puedo aceptarlo ni me era necesaria esta demostración. Será mejor que lo recojan cuanto antes.

Algo se vino abajo en el rostro del abogado. Había confiado en que la exhibición del dinero obraría un efecto definitivo en el ánimo de Hans Helvetius y acabaría con sus últimas resistencias.

Su error había consistido en creer que esas resistencias

eran ya muy pocas. Maldijo para sus adentros la testarudez del automatista y ordenó con un gesto al falso vagabundo que guardara otra vez la faltriquera.

Intentando resurgir de la inesperada derrota, en su línea de no dar nunca un asunto por perdido, Barois adoptó un aire compungido al decir:

—Maestro Helvetius: soy incapaz de asumir que rechaza tan generoso ofrecimiento si no lo oigo claramente de sus labios.

El aludido repuso, cortante:

—Asuma entonces que por consideración a las molestias que se han tomado ustedes me daré tres días de plazo para reflexionar. Pero no espere una decisión afirmativa. En la propuesta hay demasiada oscuridad.

—No deje que me vaya sin darme al menos alguna esperanza...

—La única que puedo darle es no hacer firme mi negativa ahora.

—Como usted disponga. Estaré aquí el sábado. Y, por favor, no deje de pensar en todo lo que hemos hablado.

Con andar pesado, Barois se fue del taller en compañía de su disfrazado ayudante. Helvetius conservó su expresión vacía hasta que los vio alejarse. Después, poco a poco, dejó que sus confusas ideas aflorasen a su rostro. Al observarlo reflejado en un espejo próximo, se alegró de que Julien Barois no pudiese verlo: era la imagen misma de la indecisión.

5 *Las conjeturas del magistrado Menjoul*

SI muy pocas eran en París las personas que podían jactarse de conocer a Hans Helvetius, menos eran aún las que tenían algún grado de amistad o confianza con él. Una de ellas era el magistrado Antoine Menjoul.

Se trataba de un hombre ponderado y amable, aunque no exento de rigor disciplinario. Era mayor que Helvetius: rondaba la cincuentena. Se habían conocido en 1819, con ocasión de un pleito promovido por el automatista contra un empresario de Lyon que retenía ilícitamente dos de sus figuras mecánicas después de expirados los respectivos contratos.

No se veían muy a menudo, pero en sus encuentros amistosos había siempre cordialidad y un fluido intercambio de opiniones acerca de muy diversos temas. Sin embargo, tampoco con él, como con nadie, abandonaba Helvetius su carácter reservado. Las cuestiones íntimas o muy personales quedaban siempre al margen.

Sus conversaciones nunca se desarrollaban en el despacho oficial del juez. No obstante, aquella mañana Helvetius quebrantó la costumbre. Tras adoptar diversas precauciones, como la de cerciorarse de que nadie lo seguía, llegó al edificio de los tribunales y entró confundido entre las muchas personas que se encontraban en el umbral de acceso.

La sala previa al despacho de Menjoul estaba desierta. Como no podía hacerse anunciar, Helvetius optó por llamar suavemente con los nudillos en la puerta del juez.

—Adelante —vibró la sonora voz de Menjoul.

El magistrado estaba sentado tras su gran mesa de trabajo. Junto a él, en pie, se encontraba André Barrès, su secretario. Se trataba de un hombrecillo esmirriado, de diminuta estatura y aspecto insignificante, del cual, empero, Menjoul solía hacer grandes elogios por su celo y eficiencia. Ambos estaban despachando. Barrès sostenía un fajo de legajos que parecía excesivo para sus fuerzas.

—Pase, Hans. Casi hemos terminado. ¿Ocurre algo?

—No lo sé. Todavía no. Pero me gustaría pedirle opinión acerca de un asunto delicado.

—Esto puede esperar —le dijo Menjoul al secretario—. Luego continuaremos.

Barrès se retiró, molesto por la interrupción. Al pasar junto al automatista, le dirigió una dolida mirada de soslayo.

—Veamos de qué se trata. Siéntese, Hans. ¿Se ha insubordinado algún autómata? ¿El eterno conflicto entre creador y criatura? —bromeó.

Helvetius pasó a referirle todo lo relativo a las visitas del abogado Barois y la llegada de la mujer de cera. Al comienzo, Menjoul escuchó con interés, aunque en actitud distendida. Después, a medida que el relato del automatista fue entrando en detalles, su atención ganó en intensidad.

Completada la exposición de los hechos, Helvetius añadió:

—La mujer representada en cera parece normal y hasta anodina en una primera impresión. Pero luego la cosa cambia. Es muy extraña.

—Me gustaría verla.

—Hoy mismo si quiere. Veremos qué efecto le causa a usted. Pero yo pienso que si es fruto de la fantasía de alguien, algo le ocurre a la mente de esa persona. Y si corresponde a un modelo humano real, algo peor aún le sucedía a esa mujer cuando estaba posando. Si yo construyera el autómata, sería el más inquietante de cuantos he hecho. Pero no sabría por qué: eso es lo peor del caso. Y ¿cómo recrear algo cuya verdadera naturaleza se me escapa? ¿Cómo darle apariencia de vida natural a una mujer que es un misterio? Soy incapaz de proceder como un simple reproductor o copista. Necesitaría saber más de ella o de quien la haya inventado.

—Volvamos a los hechos —dijo Menjoul—. Existe, claro, un modo práctico de resolver el problema. Usted construye el androide, aunque sea actuando como mero copista, percibe el pago acordado y se olvida del asunto.

—Me sería muy difícil hacerlo así, insisto. A pesar de la recompensa.

—Acerca de ella quiero decirle algo. Es posible que el anticipo acabara siendo el único pago. Una vez la figura construida, ellos podrían sustraerla de su taller sin darle a usted ni un céntimo más. Llegado el momento, habría que tomar medidas para prevenir esa eventualidad.

—De todos modos, el anticipo es muy cuantioso. Por sí solo ya cubre varias veces el valor que tendría la figura terminada.

—Hay que relativizar esa cantidad. La Deuda Consolidada tiene vencimiento a largo plazo. No siempre es fácil colocarla cuando se quiere dinero líquido. Y en cuanto a los táleros, no son ahora negociables en suelo francés. Su valor inmediato se reduce al oro que contengan.

—Aun así, es mucho dinero. Pero no es eso lo que más me preocupa, sino la oscuridad del encargo.

—A ello iba. Parece poco probable que lo explicado por ese abogado sea cierto. Es más, puede que ni siquiera se trate de un abogado. La pregunta, pues, es obvia y surge enseguida: ¿Quién y para qué necesita una figura animada de apariencia real que sea idéntica a ese modelo de cera? Con los pocos datos que poseemos, las respuestas son muchas, quizá demasiadas. Sin duda, usted ha pensado en ello.

—Desde luego. Pero preferiría oír sus razonamientos.

—Con mucho gusto. Creo que será mejor descartar por el momento la posibilidad de que todo obedezca al secreto capricho de un excéntrico. Lo veo poco verosímil. Aunque hay quienes sienten una morbosa atracción por los autómatas, y nuestro desconocido hombre podría ser uno de ellos, lo de la figura de cera lo hace todo más turbio.

—Pueden querer el autómata para utilizarlo con fines ilícitos o, incluso, delictivos.

—Cabe sospecharlo. Pero ¿cuáles son esos fines? Veamos. Una posible vía de hipótesis es la de la suplantación. Sus autómatas, Helvetius, tienen un realismo tal que, bajo ciertas condiciones, pueden ser confundidos con una persona real. Supongamos que esa mujer existe o ha existido hasta fecha reciente. Podría tratarse de hacerle creer a alguien que aún vive o que está en un lugar del que se ausentó. Si dejaran ver la figura animada desde una cierta distancia, a través de una ventana por ejemplo, y por un tiempo no muy prolongado, los que la observaran podrían pensar que es la persona verdadera. Se han dado casos de este tipo con el empleo de figuras de cera o madera o contratando dobles que tuviesen un gran parecido con la persona que se quería suplantar. Pero, claro, las figuras inanimadas tienen limitada veracidad. Y los dobles humanos son a veces indiscretos, chantajistas o difíciles de manejar. Uno de sus autómatas subsanaría todas esas deficiencias casi a la perfección si fuese utilizado con habilidad y astucia.

—Cierto. Lo que nos permite imaginar situaciones muy escabrosas.

—Tantas como quiera, efectivamente. Basta con que nos preguntemos acerca del objetivo de la posible suplantación. ¿Se limitaría a simular que una mujer se encuentra en un lugar donde no está, o iría la confabulación más lejos para impresionar gravemente el ánimo de una tercera persona? Supongamos que la modelo de la figura de cera esté muerta. ¿No podría asustarse a alguien haciéndole creer que la difunta reaparece ciertas noches en determinada ventana? Las apariciones espectrales simuladas han llevado en ocasiones a la demencia a personas vulnerables ante este tipo de trucos. Un autómata podría ser el instrumento perfecto para producir el macabro engaño.

—Había pensado en ello. Es una responsabilidad que me inquieta.

—Desde el punto de vista legal, usted no incurriría en responsabilidad alguna, salvo que se pudiera demostrar que era conocedor y, por tanto, cómplice del uso delictivo que se le iba a dar a la figura. Ninguna ley le prohíbe vender un androide a través de un intermediario con destino a un comprador desconocido.

—No son sólo los aspectos legales los que me han llevado a consultarle, sino, sobre todo, los éticos.

—Por supuesto, Helvetius. Pero he querido aclarárselo.

—Hasta ahora, mis figuras han cumplido siempre la función para la que fueron creadas: constituirse en motivos de asombro y entretenimiento y ser exponentes de la depuración a que están llegando las artes mecánicas. Me repugna la idea de que una de ellas sea utilizada en prácticas aborrecibles.

—Podemos encontrar otras explicaciones menos tenebrosas. Por ejemplo, un automatista competidor quiere hacerse con una de sus figuras para poder destriparla sin impedimentos y así imitar sus innovadores mecanismos.

—También he pensado en una cosa así, pero para desecharla. No creo que ninguno de mis competidores pueda reunir una suma como la que me fue mostrada anoche.

—Podría estar respaldado por un financiero que esperara recuperar su inversión con las figuras que se construyeran a imitación de las suyas.

—Les sería mucho más fácil robar cualquiera de mis autómatas en exhibición. Están protegidos, bajo vigilancia constante, pero no tanto como para hacer imposible un asalto bien planeado.

—Pueden haber calculado sus riesgos y acaso prefieran no unir el robo al plagio. Este último es más difícilmente demostrable: estamos hablando de mecanismos que permanecen siempre ocultos a la vista del público o de cualquier observador.

—Pero si éste fuese el móvil oculto, les bastaría con que yo les vendiera una de mis figuras más recientes, cualquiera de ellas. O una nueva, diseñada a mi antojo. ¿Qué papel juega entonces la mujer de cera?

—Un requisito truculento añadido con astucia para desviar las sospechas del verdadero móvil. Podría ser. No es una conjetura descabellada. Pero tampoco es la única, ni mucho menos. Y no todas tienen que estar asociadas a hechos delictivos. Tal vez el anónimo comprador posea valiosos tesoros de arte en algún lugar secreto y viva siempre bajo el temor de un posible robo. Así, se cuida mucho de no dar pistas al hacer cada nueva adquisición, llegando incluso a tomar precauciones tortuosamente exageradas. Y lo de la figura de cera podría ser una rareza más de su carácter.

—Sí, en cierta ocasión conocí a un coleccionista de autómatas que cambiaba continuamente de lugar las piezas de su colección porque temía que le fuesen robadas. Las trasladó tantas veces, casi siempre de modo precipitado, que acabó estropeando varias de ellas. El arreglo era muy problemático.

—Un rico patrimonio artístico puede tener muchos puntos vulnerables al robo. Si el propietario es una persona obsesiva, acaba causándole más preocupaciones que satisfacción. Pero sigamos buscando otras explicaciones no criminales. Por ejemplo, imagine que a un rico anciano en sus últimos días se le quiere evitar el dolor de conocer la muerte de su hija predilecta. La aparición del autómata en algunos momentos junto a su lecho, acaso a través de los tules del dosel, podría bastarle a su visión nublada para creer que esa persona querida estaba allí, viva, confortándole en su agonía, velándolo en silencio.

—Si ésa fuera la razón, ¿qué necesidad habría de ocultármela?

—De hecho, ninguna. Pero en el seno de ciertas familias de la vieja aristocracia impera la enfermiza manía del secretismo a ultranza. ¡Ningún detalle de la vida íntima familiar tiene que ser conocido por extraños! A veces se llega a situaciones grotescas.

—No conozco las costumbres de esas gentes.

—Por no hablar de los ociosos del gran mundo. Podría ser alguno de ellos quien enviara a Barois.

—¿Con qué propósito?

—Con el de ganar una apuesta, claro.

—¿Una apuesta? —repitió Helvetius extrañado.

—Algunos desocupados con fortuna son muy amantes del juego y las apuestas. Se las cruzan entre ellos a menudo, sobre los motivos más inesperados. Y suele haber mucho dinero de por medio. Ha habido individuos que han llegado al asesinato para alzarse con la victoria.

—Sí, recuerdo haber oído algo. Pero ¿qué necesidad pueden tener esos jugadores de un autómata?

—Podrían haberlo convertido en objeto de una apuesta. Imaginemos un reto entre ellos. Alguno se ha vanagloriado de ser capaz de conseguir un autómata del gran Hans Helvetius en condiciones inusitadas. Los otros lo han acorralado, añadiendo la dificultad de la figura de cera. Ya tenemos planteada la extravagante apuesta. ¡Las ha habido aún más rebuscadas!

—Podríamos estar todo el día haciendo conjeturas y cábalas —dijo Helvetius, dejándose caer más en su butaca—, y no acercarnos siquiera a la auténtica explicación.

—Es más que probable. En especial si la causa es criminal. Esta época es muy dada a truculencias delictivas de todo tipo. Las hay casi inimaginables hasta que son descubiertas. Basta repasar los registros de los tribunales de justicia de estos últimos años. ¡Se asombraría usted! El delito, en ciertos casos, se vale de maquinaciones tan elaboradas que, aunque las repudiemos de modo inequívoco, casi nos causan admiración por el ingenio que demuestran. Por desgracia, algunos delincuentes hacen gala de un talento tan peligroso como extraordinario. Pero, en fin, no es mi deseo alarmarle. Nada nos dice todavía que tengamos que vérnoslas con uno de ellos en este caso. Por el momento, todo depende de lo que usted decida hacer.

—Estoy decidido a rechazar la oferta. En algunos momentos me asalta la duda, pero vuelvo siempre a la idea de negarme. Y después de lo que le he oído a usted, aún será más firme. No quiero contribuir a la puesta en práctica de una idea delictiva.

—Ya le he dicho, Helvetius, que no necesariamente ha de tratarse de un asunto criminal.

—Pero existe la posibilidad.

—Sí. No podemos descartarla.

—Por tanto, la única manera de alejarla es no construir el autómata. Y ésa será mi respuesta final.

—Es lo más sensato, sí —convino el juez, para añadir con una media sonrisa de complicidad—: Pero entonces nunca sabremos en qué consistía esa trama oscura...

Sonriendo también, repuso Helvetius:

—Bastante trabajo hay ya sobre sus espaldas, Menjoul. No quiero aumentar sus ocupaciones.

—Gracias, es usted muy amable —rió el juez de buena gana, y dijo después, volviendo a la seriedad—: La decisión está en sus manos. Por mi parte, nada puedo hacer oficialmente porque hasta ahora no ha habido motivo legal para ello. No obstante, a título personal, el caso me parece interesante. No deje de comunicarme cualquier novedad que se produzca.

Iban a concederse unos minutos para conversar más tranquilamente cuando, de pronto, se oyeron voces acaloradas que procedían del antedespacho.

Parecía haber estallado allí una fuerte discusión. Dos personas se estaban enzarzando en una pugna verbal. Una de las voces era la de Barrès, el secretario. La otra no llegaba con tanta claridad.

Menjoul se había levantado para ir a ver qué ocurría cuando la puerta se abrió súbitamente para volver a cerrarse enseguida tras la persona de Barrès. Muy crispado, mirando alternativamente al juez y al automatista, dijo:

—Señor, un hombre excitado asegura que ha de hablar urgentemente con alguien que se encuentra aquí y que responde al nombre de maestro Helvetius.

El magistrado no tuvo ocasión de responder. Al punto se abrió de nuevo la puerta dando paso a Georges. Su agitada respiración casi lo ahogaba. Pero aún pudo decir, bajo la mirada con que Barrès lo fulminó a causa de su intrusión:

—¡Maestro, la figura de cera ha desaparecido!

6 *Desaparición inexplicable*

EN el carruaje que los llevaba de vuelta al taller, Georges, todavía con el aliento entrecortado, balbuceaba sus explicaciones:

—No nos hemos movido ni un momento del local. ¡Nadie ha podido entrar sin que lo viéramos! ¡Y menos aún volver a salir con la figura a cuestas! ¡No, imposible: nadie ha pasado por la puerta!

—¿Alguna rotura en las claraboyas o en las ventanas de arriba? —preguntó Helvetius con el semblante ensombrecido.

—Lo hemos revisado a conciencia: todo normal. Si no fuera porque es un disparate, diría que la figura se ha esfumado, se ha evaporado en el aire hasta desaparecer.

—¿Cuándo os habéis dado cuenta?

—Hace un rato. Al ir Jean al trastero por unas planchas. Al abrir la puerta, ha visto que la mujer de cera había desaparecido.

Helvetius se preguntó si Barois y su ayudante habrían sido los autores del hecho. Pero, en caso afirmativo, no podía comprender cómo lo habían llevado a cabo ni por qué.

—Cuando yo me he marchado, la figura estaba en el cuarto trastero. Recuerdo muy bien haber ido a verla antes de salir —dijo el automatista.

—¡Pues más extraño aún! Desde que usted se ha ido hasta el momento en que Jean ha descubierto lo ocurrido no ha pasado ni media hora.

—¿Estás seguro de que no habéis dejado solo el taller ni un momento en todo ese rato?

—¡No hemos puesto ni un pie en la calleja! ¡Tan seguro como que un día moriré! No, maestro, no ha habido forma humana de que alguien entrara y saliera sin saberlo nosotros; ni una sola.

Jean estaba esperándolos en la sala frontal. Su rostro traslucía la indignada consternación del momento. Sin esperar a que Helvetius le preguntara, repitió punto por punto, con total coincidencia, lo que Georges había dicho.

Aunque era innecesario, Helvetius sintió el deseo de comprobar por sí mismo la desaparición. Seguido por sus ayudantes, se fue directamente al trastero. Allí, entre utensilios colgados y materiales apoyados en el suelo, estaba el angosto vacío dejado por la ausencia de la figura. Sus ojos constataron lo anunciado. Después, repitió todos los pasos dados por sus ayudantes. Revisó, una a una, las claraboyas, atento a cualquier señal que revelara que alguna había sido movida. Todas estaban intactas.

Recorrió todas las salas del taller, sin olvidar la de los espejos. Tampoco nada, como si la figura nunca hubiese estado allí.

A continuación, aunque comprendía que era absurdo pensar que los allanadores hubiesen huido por la planta alta con su delicada carga, subió al piso de arriba. La puerta de comunicación entre taller y vivienda, al final de la estrecha escalera, estaba abierta, como de costumbre.

Se asomó a todas las habitaciones, sin olvidar ninguna, y sometió a especial observación todas las ventanas, tanto las que daban a la calleja como las que miraban al pequeño mar de claraboyas. Todas estaban cerradas y afianzadas desde dentro, como él las había dejado. Ninguna podía haber sido manipulada.

Helvetius concluyó su breve e inútil inspección sin descubrir nada que hubiese escapado a los ojos de Georges y Jean. Seguía siendo imposible determinar cómo y por dónde habían entrado y salido los perpetradores del robo.

El edificio no tenía sótano ni ocultas entreplantas de ninguna clase. También era total la ausencia de pasadizos, reductos subterráneos, accesos a los almacenes contiguos o cualquier otra variante arquitectónica que pudiera haber sido utilizada por los secuestradores de la mujer de cera. Helvetius había comprobado hasta la saciedad estos extremos al entrar a ocupar el edificio. Era una construcción de gran solidez, pero exenta por completo de sorpresas o secretos de estructura.

Entre reiteradas afirmaciones de certeza, George y Jean, pisándose mutuamente las palabras, le aseguraban una y otra vez que ellos no se habían ausentado del taller ni un solo instante. Helvetius no tenía motivos para poner en duda la veracidad de sus afirmaciones. Confiaba en ellos plenamente y les sabía incapaces de prestarse a complicidades con los asaltantes.

En aquel momento, un carruaje entró en el callejón. Helvetius salió de inmediato a ver quién llegaba en él.

Saltando ágilmente el estribo, el magistrado Antoine Menjoul puso pie en tierra y preguntó:

—¿Se confirma la sustracción?

El automatista asintió, añadiendo:

—Y del modo más inexplicable.

Pasaron al interior y Helvetius le puso al corriente de lo infructuoso de las pesquisas. El juez escuchó con rostro preocupado y al fin manifestó:

—La situación ha cambiado. Le he dicho antes que no había motivo para mi intervención oficial. Pues bien, ahora lo hay. Será tan sólo necesario que usted formalice la oportuna denuncia. Salvo que quiera aprovechar la ocasión para olvidarse definitivamente del asunto, claro.

—No podría aunque quisiera —repuso Helvetius—. La figura estaba bajo mi custodia, en mi taller. Me ha sido arrebatada a mí. Si me es reclamada, deberé responder de su pérdida.

—No hay auténticas pruebas de ello. Ante un tribunal no se le podrían exigir responsabilidades.

—Le firmé un acuse de recibo al transportista que trajo la figura.

—¿Se especificaba allí la índole del envío?

—No —empezó a decir Helvetius, esforzándose en recordar—. Sólo constaba el peso de la caja.

—Entonces, si usted no quiere, no hay caso. Además,

no parece muy probable que quienes remitieron la figura de cera presenten una reclamación. Eso les obligaría a identificarse, cosa que seguramente no les conviene. Y tampoco podemos excluir que hayan sido ellos los promotores del robo.

—Sí, lo he pensado. Pero me parece absurdo. ¿Para qué iban a emprender semejante maniobra si podían lograr la devolución de la figura del modo más sencillo?

—Ah, vaya usted a saber. Quizá para evitarse ciertas complicaciones que sólo ellos podían prever de antemano. O para no verse obligados a darle a usted nuevas explicaciones a cambio de nada. Tenga en cuenta que Barois, al final de su segunda visita, salió casi convencido de que usted, finalmente, se negaría a construir el autómata. Quizá, dando el intento por fracasado, hayan preferido acabar con el asunto de modo expeditivo.

—Aun así, me parece desmesurado.

—Amigo Hans, no sabemos con quién estamos jugando. Un robo misterioso es cosa común para ciertas organizaciones criminales. Tan habitual y sencillo como para usted insertar un mecanismo en una figura. Mi razonamiento es: ¿quién, fuera de ellos y usted mismo, sabía de la presencia aquí de la mujer de cera? Si descartamos a sus colaboradores aquí presentes, hombres honestos a carta cabal, la respuesta es nadie.

—Acaso hayan introducido cambios imprevistos en sus planes —sugirió Helvetius—, y eso los ha obligado a actuar de esta manera.

—Bien apuntado. Hasta es posible que se hubiera convertido en peligroso para ellos que la figura estuviese aquí. En las conspiraciones delictivas se dan a veces vuelcos inesperados que modifican todos los elementos de situación y hacen necesarios grandes cambios a toda prisa.

—Deduzco de sus palabras, Menjoul, que usted se inclina ya decididamente por la hipótesis de que la razón última de este asunto es de índole criminal.

—Después de lo ocurrido, sí. No quiero ocultárselo.

Sin embargo, el magistrado no era hombre dispuesto

a admitir sin más la misteriosa desaparición de un objeto. En su profesión había aprendido que, casi siempre, los más sorprendentes sucesos tenían una explicación clara y lógica. Movido por esa convicción, le propuso a Helvetius:

—Si le parece, podríamos recordar los acontecimientos anteriores al robo de la figura. A veces es un buen procedimiento para hallar la clave de un hecho que parece imposible de explicar. Sus ayudantes también pueden contribuir. Tal vez entre todos seamos capaces de ver lo que está escondido en la sucesión de acontecimientos de la mañana.

Todos se mostraron de acuerdo en intentar lo que el juez proponía. Helvetius empezó a rememorar en voz alta:

—Antes de desayunar he bajado al taller para dejar abierta la entrada. Luego he vuelto arriba.

—¿Siempre lo hace así? —preguntó Menjoul.

—No. Hoy no me he levantado tan temprano como de costumbre. Georges y Jean iban a venir más tarde que otros días.

—¿Motivo?

—Esperábamos una entrega de piezas y materiales para el futuro teatro mecánico. Les había pedido a ellos que fueran al almacén del proveedor para examinar allí los elementos del pedido y exigir el cambio de cualquier unidad que no se ajustara a lo solicitado. Suele ocurrir. Es preferible subsanar los errores de entrada para evitar reclamaciones posteriores, que a veces se niegan a atender. Tenga en cuenta que los proveedores creen que éste es un taller de ínfima importancia. Nos surtimos de muchas casas diferentes para no llamar la atención.

—Entiendo. De modo que ha dejado el portón abierto y ha subido a desayunar.

—Sí. Apuraba el último sorbo de mi aguado café matinal cuando les he oído llegar. Habíamos convenido que Georges y Jean vendrían en el carro del proveedor, con la mercancía. He bajado enseguida para ayudar en la descarga.

—¿Quién más venía en el vehículo?

—Un empleado de la casa de suministros mecánicos.

—Trabaja allí desde hace mucho tiempo —puntualizó Georges.

—Y no se ha quedado solo ni un segundo —añadió Jean.

—Además, puedo dar fe: el carro estaba completamente vacío cuando se ha marchado —intervino de nuevo Georges.

—Él está fuera de sospecha —aclaró Hans Helvetius—, porque después de su partida la figura aún estaba en su lugar.

—Sigamos —instó el juez.

—Entre los cuatro hemos entrado todas las cajas del pedido al taller frontal, el que hace de tapadera. Evitamos siempre que los transportistas tengan acceso a las otras salas, por discreción.

—Claro. Si se diesen cuenta de que esto está lleno de ojos, pelucas, miembros y demás, comprenderían que usted no se dedica a reparar mecanismos corrientes —convino el magistrado—. Siga, Helvetius.

—Luego se ha marchado el empleado con el carro vacío y yo he subido otra vez a mis dependencias para acabar de vestirme. Ya tenía decidido ir a verle a usted. Mientras, Georges y Jean han empezado a trasladar lo recibido desde el taller frontal a las otras salas. He bajado otra vez unos diez minutos más tarde. Ellos ya casi habían terminado con su tarea. Entonces, lo recuerdo con total certeza, he querido echarle una ojeada a la figura de cera. He abierto la puerta del trastero y allí estaba. No tengo la menor duda acerca de ello. He vuelto a cerrar la puerta y les he dicho que iba a visitarle a usted a la sede de los tribunales, sin asegurarles cuánto tiempo estaría fuera. Después, he salido al callejón y he caminado hasta encontrar un carruaje de alquiler.

—Bien. Ahora sigan ustedes —dijo Menjoul dirigiéndose a los dos operarios.

—Cualquiera de los dos puede hacerlo... —dijo Georges.

—Tú mismo, qué más da —le animó Jean.

—De acuerdo. Pero si me dejo algo, tú lo dices.

—Lo haré.

—En cuanto el maestro Helvetius ha cruzado la puerta, yo la he cerrado tras él.

—¿Está seguro de ello? —inquirió el juez.

—Segurísimo.

—Sí, yo lo he visto —terció Jean.

—Normalmente, la puerta de fuera está siempre cerrada —continuó Georges—, y cuando el señor Helvetius se ausenta lo llevamos a rajatabla. Aunque casi nunca viene nadie por aquí, nos sentimos mejor con la entrada bien cerrada. Y así lo he hecho esta mañana. Luego, en el último viaje, hemos llevado adentro dos cajas que quedaban en el taller del vestíbulo, el que no se utiliza apenas, y ya no nos hemos movido de aquí en todo el rato hasta que, una media hora más tarde, Jean ha descubierto que la figura había desaparecido.

—Vamos a ver —dijo Menjoul—. ¿Durante toda esa media hora ustedes han estado siempre cerca del trastero donde estaba la figura?

—Muy cerca, casi al lado.

—¿La puerta del cuarto estaba cerrada?

—Sí, tal como la había dejado el señor Helvetius.

—¿Podían verla desde donde ustedes estaban?

—Perfectamente. No nos lo impedía ningún obstáculo.

—¿Qué han hecho durante ese rato?

—Ir abriendo cajas de la mercancía que habíamos traído para colocar las piezas en los cajones y estantes correspondientes.

—¿Era una actividad silenciosa o ruidosa?

—Casi silenciosa. Se trataba de piezas pequeñas. Cualquier sonido raro nos habría alertado, si es eso lo que quiere usted decir.

Menjoul se quedó pensativo un tiempo. Los otros ya nada más tenían que aportar al problemático esclarecimiento de los hechos. Todos estaban desconcertados por igual. El enigma parecía insoluble.

—Hay que reconocer que uno no ve por dónde hincarle el diente al caso —confesó el magistrado—. La única conclusión posible es falsa: la figura de cera no puede haber sido robada, los ladrones no han tenido ninguna opción para consumar su propósito. No obstante, lo han logrado. He aquí un desafío para la razón. Me declaro incapaz de resolverlo ahora. Pero no dejaré de pensar en el asunto, les doy mi palabra.

—Señor magistrado —dijo Jean, pálido y compungido—; nosotros hemos dicho la verdad. Aunque nadie quiera creernos, podríamos repetirlo todo bajo juramento.

—Les creo, tranquilícese. La veracidad de su testimonio está fuera de duda. Y eso es precisamente lo que hace que el robo sea incomprensible.

—Cada vez me gusta menos este asunto —dijo Helvetius.

—Bien, ¿qué decide? —le preguntó el juez—. ¿Damos parte de lo ocurrido o permanecemos a la expectativa?

—¿Hasta qué punto es posible confiar en la discreción de la policía?

—¿A qué clase de discreción se refiere, Helvetius?

—Ya sabe lo mucho que estimo el anonimato. Tengo un gran interés en continuar en París bajo las actuales condiciones, prácticamente de incógnito. Me es esencial para seguir trabajando al ritmo que necesito.

—Ya entiendo. Desgraciadamente, ese hermetismo no estaría garantizado. Por muy sigiloso que fuese el procedimiento, exigiría la intervención de un cierto número de personas. Para empezar, sería indispensable que dos agentes policiales vinieran a efectuar un reconocimiento del lugar. La naturaleza del taller se les haría evidente de inmediato. El nombre de Hans Helvetius saldría a relucir aunque no constara claramente en la denuncia.

—¿No se podría solicitar una investigación confidencial?

—Eso sería ofensivo para la policía, ya que, en teoría, actúan siempre de manera confidencial. Lo que no impide que en la práctica...

—Eso es lo que me preocupa.

—Sí, lo comprendo. Los diarios y gacetas acogerían con sumo interés toda noticia relacionada con el célebre Hans Helvetius.

—Y a los pocos días todo París sabría que éste es el lugar donde trabajo. Tendré que meditar con cuidado qué camino tomar, Menjoul.

—Sí, hágalo. Tómese su tiempo. Como le he dicho, nada le obliga a cursar oficialmente una denuncia.

—Le comunicaré mi decisión tan pronto como la haya tomado.

—De acuerdo. Ahora tendrá que excusarme: no puedo faltar de mi despacho por más tiempo —dijo Menjoul, y al ver el semblante cada vez más absorto de Helvetius añadió—: Y no se deje usted distraer de su verdadero cometido. Intuyo que este episodio ha llegado ya a su fin.

El visitante se marchó en el carruaje que lo había estado esperando. Helvetius fue una vez más al trastero y contempló el vacío dejado por la mujer de cera.

Libres de la presencia del juez, que los intimidaba, Georges y Jean no dejaban de dar vueltas a lo ocurrido. Estaban mucho más convulsos e indignados que el mismo Helvetius. Consideraban que el ladrón o ladrones se la habían jugado a ellos, que eran los que se encontraban en el taller cuando el inexplicable hecho se había producido. Una y otra vez insistían en que el asaltante sólo podía haberse salido con la suya haciéndose invisible y convirtiendo en invisible también la figura de cera, además de adquirir la capacidad de atravesar un portón sólidamente cerrado o la de pasar volando a través de las gruesas claraboyas del techo.

—Es inútil que nos calentemos más la cabeza —dijo Helvetius—. El día más inesperado se nos presentará la solución. Y entonces nos daremos con la frente en las paredes por no haberlo comprendido antes. Suele ocurrir: cuanto más nos obcecamos en desentrañar un problema, más se nos resiste. Tal vez en otro momento, con la cabeza clara, lo consigamos.

Así abrió un período de silencio mientras, en apariencia, se reanudaban los trabajos normales del taller. Pero él mismo estaba muy lejos de seguir su propio consejo. Aunque fingía estar probando la elasticidad de unos resortes, su atención no podía escapar del inverosímil robo de la figura.

Y su preocupación mayor era que todo aquel extraño asunto no hubiese hecho más que dar comienzo.

Razón no le faltaba, como iba a comprobar.

7 *Una extraña y triste historia*

HELVETIUS sólo pudo concentrarse en su trabajo después de que Georges y Jean se retiraran al fin de la jornada. Apuró al máximo el poco tiempo de luz natural que aún restaba, libre de divagaciones y presagios, como en sus mejores momentos creativos.

Sin embargo, el cansancio no tardó en hacerse notar. Tenía los ojos doloridos y no quiso someterlos al esfuerzo de continuar ajustando resortes a la luz de las candelas. Con la llegada de la penumbra, decidió subir a descansar.

Ya estaba oscuro el cielo cuando lo invadió otra vez el desagradable recuerdo de lo ocurrido por la mañana. Personas de cuidado habían estado allí para hacer efectivo el inconcebible secuestro de la imagen. El recinto había sido profanado por extraños. Le pareció de pronto que aún alentaba en el ambiente la respiración jadeante de los intrusos. Se preguntó entonces:

«¿Por cuánto tiempo podré seguir aquí bajo el aislamiento que me es tan necesario? ¿Llegará a propagarse la noticia de mi presencia en París?»

Ascendía con una vela en la mano hacia sus austeros aposentos cuando, de pronto, creyó oír un golpe seco, como el de un pequeño objeto que hubiese caído al suelo en la planta superior. Sus nervios distaban mucho de haberse sosegado. Aquello los excitó aún más. Sopló la llama de la vela y se quedó inmóvil, escuchando.

El silencio volvía a ser completo; la oscuridad, cerrada. No sabía qué hacer.

El vetusto mobiliario de arriba crujía a veces por sí solo. Pero el ruido que se había producido era de otro género, un pequeño impacto. De no haber sido por los acontecimientos de la mañana, no le habría dado mayor importancia al sonido. Pero el edificio se había convertido en escenario de desconcertantes sucesos. Ya nada podía ser excluido. Cualquier anomalía le despertaba suspicacia y alarma.

Estuvo un rato dudando. Si subía los pocos peldaños que le separaban de la puerta de comunicación con la planta superior y la cerraba, la zona de vivienda quedaría aislada. Si alguien se ocultaba allí, quienquiera que fuese, no tendría más salidas que el salto a las claraboyas, muy peligroso, o el descenso por la fachada a la calleja, maniobra que él podría observar apostándose en el taller frontal.

Pero si no había nadie y, por tanto, nadie escapaba, que era lo más probable, Helvetius se condenaría a una espera estéril en la que las horas se deslizarían inútilmente.

Estaba demasiado fatigado como para dedicarse a practicar encerronas a intrusos, con toda probabilidad, inexistentes.

Se sacudió las dudas y continuó ascendiendo por la escalera, aunque, eso sí, con la vela apagada y evitando hacer el menor ruido.

Arriba, el silencio era absoluto. Helvetius, todavía en actitud de prevención, se deslizaba de manera zigzagueante, ilógica, para que un hipotético emboscado no pudiera acometerlo en la oscuridad adivinando sus movimientos.

Se decía que nadie podía haber subido allí sin ser descubierto, pero, a la vez, aumentaba su sensación de no estar solo en aquella planta.

De súbito, para alejar de sí la insidiosa aprensión, empezó a caminar rápidamente como si de esa manera pudiese ahuyentar todas las sugestiones inquietantes.

Fue a dar bruscamente a la estancia que utilizaba como alcoba y allí, de pronto, su agitado corazón se estremeció. ¡Acababa de ver, a la difusa luz lunar que entraba por los ventanales, la figura de cera!

Estaba rígidamente depositada sobre la cama, en sentido diagonal, con el sombrero algo desplazado sobre la cara, con todo, intacta. Sólo le faltaba la placa metálica de sustentación, desclavada seguramente para aligerar el peso.

Helvetius renunció a tratar de explicarse en aquel momento cómo había llegado allí la mujer de cera. Su atención se había concentrado en un detalle: los pies casi asomaban por el borde del lecho y uno de los zapatos se había desprendido del pie y reposaba en el suelo, junto a la cama. Aquél era el objeto causante del impacto que había oído minutos antes.

Observó de nuevo la figura y notó que todo su vello se erizaba, dejándolo incapaz de movimiento. Los brazos de la mujer estaban pegados al cuerpo, no levemente separados, como los recordaba de haberla visto en pie; y las manos, los dedos de las manos, estaban doblados de un modo que era imposible que lo estuvieran los de la figura que él había contemplado.

Su visión, ya adaptada a la penumbra, le reveló el resto de la inquietante verdad en segundos: ¡el busto de la figura acusaba unos movimientos rítmicos del todo iguales a la respiración humana!

Un hombre más impresionable que Hans Helvetius, o más dado a darle audiencia al miedo, habría sucumbido al pánico en aquellos instantes. Pero él sólo experimentó un fuerte sobresalto cuando una voz de mujer que provenía de la figura yacente dijo con soñolienta voz:

—¿Está usted ahí? Me ha asustado. Estaba... dormida.

El automatista se giró bruscamente y escrutó las sombras que estaban a su espalda. Temía la presencia acechante de una segunda persona. Sin embargo, no logró sorprender a nadie.

—Maestro Helvetius, ¿es usted? —dijo la mujer acostada, incorporándose trabajosamente hacia la cabecera de la cama.

El automatista apenas reconoció su propia voz cuando dijo con la energía de un zarpazo:

—¿Qué significa esta mascarada? ¿Quién me habla y por qué está en este lugar? ¡Pongamos fin a esto de inmediato!

—Demasiada oscuridad —repuso la mujer con voz débil.

Helvetius manipuló con rapidez unas varillas azufrosas y le prendió fuego a una candela. La llama tomó vida enseguida y derramó luz amarilla.

—El abogado Julien Barois —dijo la mujer, con voz tenue pero clara, mientras recostaba la espalda en el cabezal del lecho— le comunicó que la figura de cera no corresponde a ninguna persona que exista realmente. Dijo la verdad. La mujer modelada en cera... fui yo, en el pasado.

Aquella afirmación inverosímil actuó como un estímulo en la mente de Helvetius. Si la intrusa pretendía darle a entender que era una aparecida, no había dado con la persona adecuada para llevar adelante la impostura. Ya recobrado de su sobresalto, el automatista afirmó:

—Su voz, aunque apagada, es claro indicio de que usted, sea quien sea, pertenece aún al mundo de los vivos. Por tanto, es hora ya de que...

—Mi voz —le cortó la desconocida— no puede darle idea de mi no existencia.

—Su voz y su presencia —señaló Helvetius, cada vez con mayor aspereza—. Estoy en mi juicio y con los nervios lo bastante bien templados. Sé que no me está hablando una aparición de ultratumba, sino una mujer de carne y hueso. Y ahora le exijo que deje de ocultarse bajo el velo. Está usted en mi casa. Tengo derecho a saber quién es usted y a qué obedece su presencia aquí.

La mujer guardó silencio. Helvetius sintió deseos de abalanzarse sobre ella para arrancarle el sombrero y descubrir su cara. Pero estaba aún atento a la posible aparición de alguna otra persona, posible cómplice de la mujer vestida con la indumentaria de la figura robada.

Dijo ella entonces, con su peculiar sosiego triste:

—Lo haré. Mostraré mi rostro ante usted. Pero le suplico que antes acceda a oír una triste historia.

Todavía receloso y en guardia, temiendo que ella tratase de ganar tiempo para dar ocasión a que otro intruso intervinniera, le preguntó, haciéndole patentes su incomodidad e impaciencia:

—¿De qué modo me concierne esa historia?

—A usted se le ha pedido que construya un autómata basado en un modelo de cera.

—Exactamente —repuso Helvetius, capaz ya de una cierta ironía—. No me sorprende que usted esté al corriente de ello, puesto que lleva sus ropajes y su sombrero.

—Yo era la mujer representada en cera —declaró ella con profunda tristeza—. Digo *era* porque ya no lo soy ni podré volver a serlo. El abogado sólo le explicó lo que estaba autorizado a revelar. Yo iré más lejos. A usted le confiaré lo que a ninguna otra persona le diría.

Helvetius se pegó al muro para no dejar su espalda desprotegida. Aunque no olvidaba sus precauciones, lo que decía la mujer estaba empezando a despertar su interés. Decidió dejarla hablar unos momentos.

Ella continuaba, triste y pausadamente:

—Un hombre muy poderoso y muy desgraciado es quien quiere que usted construya el autómata. La desesperación y el remordimiento engendraron en él tan extraño deseo. Porque ese hombre fue el causante involuntario de que mi rostro quedara tan desfigurado como usted va a verlo ahora.

Acompañando sus últimas palabras, la desconocida alzó el velo del sombrero y dejó al descubierto una cara gravemente devastada.

—Acérquese, maestro Helvetius. El dolor que me causa el mostrarme está ante usted justificado.

El automatista, impresionado, aunque aún dudando, se acercó a ella con la vela encendida en la mano. El examen de aquel semblante puso fin a su recelo. Las mejillas y una buena parte de la frente, destruida la piel que las había recubierto, eran apenas tejidos cicatrizados. Su visión causaba horror y conmovía. No se trataba de un maquillaje o una máscara. Pudo apreciar que las lesiones, fuera de toda duda, eran auténticas. Unas lágrimas afloraron en los ojos que lo miraban con fijeza.

—Lo que está viendo es resultado de un incendio del que, por desgracia, salí con vida —explicó con honda amargura la mujer, mientras volvía a cubrirse con el velo como si ya no soportara seguir mostrando su ruina—. Sé que con el tiempo y diversas intervenciones de la cirugía podré mejorar algo. Pero nunca volveré a ser la que fui. El hombre del que le he hablado me amó durante años en secreto. Él... tiene una esposa que ignora todo esto. Por sus responsabilidades e influyente posición, sólo podíamos vivir nuestra relación de manera furtiva. En una de esas ocasiones sobrevino el incendio. Como le he dicho, él se considera responsable de lo que me ocurrió. Para mí, no lo fue. Pero nunca he podido convencerlo. Sus remordimientos le han creado el absurdo deseo de poseer una figura con apariencia de vida que sea como yo había sido. Naturalmente, la tendrá siempre en sus salones privados y las pocas personas que lleguen a verla, su mujer entre ellas, nunca sabrán que está basada en una persona real porque en ese círculo de gente no me conoce nadie.

Aquella voz, aunque sonaba cada vez más desfallecida, transmitía una sensación tan intensa de sinceridad que Helvetius estaba abandonando la actitud negativa y escéptica que había adoptado al empezar a oírla.

—Espero haber puesto fin a su comprensible extrañeza —proseguía ella—. Ahora ya sabe usted por qué es tan necesario que todo se lleve en secreto. Me causa mucho dolor hablar de esto, pero he venido a suplicarle que construya usted el autómata. No se lo pido por mí, ya que en nada me aliviará que exista una figura animada que tenga mi antiguo semblante. Al contrario, tal idea más bien me causa desazón. Pero se lo imploro por esa persona cuyo único error fue el de amarme. Él no sabe que he venido ni tiene que saberlo nunca. He tomado la iniciativa de hablarle a usted sin su conocimiento. Él lo consideraría una gravísima imprudencia. Creo no haber sido una insensata al confiar en su compasión, maestro Helvetius. Sé que es usted un hombre de honor que nunca traicionará mis confidencias.

La desconocida hundió la cabeza entre los hombros. Helvetius esperó en silencio por si ella quería seguir en uso de la palabra. Cuando vio que la mujer no iba a hacerlo, habló él:

—Lo que usted ha expuesto merece mi respeto, como lo tiene toda experiencia dolorosa que afecte a un ser humano. Pero aún no están aclarados muchos de los aspectos de su presencia aquí. Si le es posible, hágame conocedor de lo restante.

—He venido aquí, maestro Helvetius, con el deseo de llegarle al corazón explicando sencillamente la verdad. Luego, los hechos han rodado de otra manera. Le pido perdón del modo más sincero si al verme ha tenido un sobresalto.

—¿Cómo ha podido introducirse en el edificio sin ser vista?

—La explicación es muy sencilla —repuso ella con modestia, fatigada.

—¿Arrojará también luz sobre la sustracción de la figura de cera, ya que viste usted sus prendas?

—Las prendas que llevo son iguales a las de la figura, no las mismas. Me las he puesto para hacer más claro lo que tenía que comunicarle. En cuanto a la figura —añadió con voz aún más apagada—, no ha sido sustraída. En realidad, no ha salido del pequeño cuarto donde estaba. Y allí seguirá, supongo. Lamento haber causado tanto trastorno. No era ésa mi intención.

Helvetius empezaba a sospechar que la mente de aquella mujer estaba trastornada. ¿Cómo podía afirmar que la figura no había salido del trastero si todos habían comprobado su ausencia, incluso el juez Menjoul?

No sabía si de los ocultos labios de la desconocida continuarían brotando desvaríos o una inesperada aclaración de lo incomprensible.

Sin embargo, Helvetius se sentó a los pies del lecho para que ella viera que estaba en disposición de atender a sus nuevas explicaciones.

8 *La larga noche de Hans Helvetius*

He venido aquí con una intención muy definida —continuó la mujer—, pero sin saber cómo llevarla a la práctica del modo más favorable. Iba vestida como me ve ahora, igual que la figura de cera. Intentaba con ello reforzar ante sus ojos el efecto de mis palabras. He llegado pronto, por la mañana. La puerta de entrada estaba abierta. En las salas del taller no había nadie. Me he alegrado. Sólo quería verle a usted. Mientras le esperaba, he tenido el deseo de contemplar la figura de cera. No ha sido difícil. El abogado Barois me había dicho dónde estaba. Entonces he oído ruido fuera: llegaba un carruaje. En él venían varios hombres. Iban a entrar. Necesitaba ocultarme hasta que se marcharan. Quería hablarle a solas, sin que me viera nadie más. Era preciso hacer algo. Me ha venido la idea. En aquel momento no he pensado que luego causaría tanta turbación. Reconozco que mi conducta ha sido insensata. Algunas personas que me conocen íntimamente creen que desde que sufrí el accidente actúo a veces de manera temeraria. Tal vez mi comportamiento de hoy les da la razón. No lo sé. A criterio de usted quedará el juzgarlo. Lo cierto es que al tener el impulso he cedido a él. El cuarto en el que estaba la figura era el único lugar donde podía esconderme en ese momento. Pero no había bastante sitio para la figura y para mí. Por tanto, la he desmontado en sus siete partes. Me ha sido fácil, yo misma había ayudado a montarla. Luego he distribuido las partes tras las planchas de metal que estaban apoyadas en las paredes. Así he podido entrar en el trastero y dejar otra vez la puerta cerrada.

«Puede que no sea verdad —pensaba Helvetius—, pero es verosímil. Nosotros buscábamos la figura entera, no partes más pequeñas que podían ocultarse con facilidad. En realidad, no hemos hecho un registro a fondo. Dábamos por supuesto que la figura había sido robada.»

—Y allí he esperado. Confiaba en tener pronto la ocasión propicia para hablarle a usted en privado. Al oír bajar a alguien desde el piso de arriba, he adivinado que era el famoso maestro Helvetius. Por una rendija de la puerta le he visto dirigirse a la parte delantera. Oía ruidos, como de bultos colocados en el suelo. Después, el sonido del carricoche alejándose. Usted ha subido entonces por la escalera. Mientras, dos hombres iban entrando cajas. He comprendido, preocupada, que eran empleados del taller. No se habían marchado en el carruaje. Mi situación empezaba a complicarse. Estaba allí muy incómoda, como puede imaginar. Pasado un rato, usted ha bajado de nuevo. Se había vestido como para ir a la ciudad. Entonces me ha dado un vuelco el corazón. Le he visto venir hacia el cuarto donde yo estaba. Temía haber hecho algún ruido al moverme. Me he colocado bien el sombrero y he esperado rígida, imitando la postura de la figura de cera. Me faltaba valor para anticiparme y salir del trastero. Enseguida, usted ha abierto la puerta y me ha mirado unos momentos. Yo podía verle muy bien a través del velo. También veía a los otros dos hombres que iban y venían con las cajas. Me he mantenido en posición estática. De haber estado usted solo en el taller, me habría dado a conocer sin dudarlo. Pero la presencia de los otros dos hombres iba en contra de mis planes. He creído que era mejor esperar. Usted me miraba como si contemplase a la mujer de cera. Temía que me quitara el sombrero. Esa acción habría puesto fin a mi pequeño engaño. ¡Y de qué manera! Me ha tranquilizado mucho que no lo hiciera. Usted ha vuelto a cerrar la puerta. He sentido un alivio inmenso. Entonces le he oído decir que iba a ausentarse. Mi espera se iba a prolongar. Usted se ha marchado. Sabía que no podría aguantar tanto tiempo en aquel encierro. Así que he aprovechado la primera ocasión, que se ha presentado enseguida, para subir por la escalera hasta esta planta. Los dos hombres estaban en aquel momento cerrando la entrada. Lo he comprendido por los ruidos que hacían. Yo sólo necesitaba unos segundos para salir del trastero y subir los escalones. Con suerte, me ha sido posible hacerlo sin que ellos se diesen cuenta.

Helvetius estaba muy atento a cualquier fallo lógico o de tiempos, pero no encontraba ni una sola fisura que pudiese desmentir lo que decía la visitante. Todo encajaba a la perfección con los hechos de la mañana.

—Una vez aquí, todo consistía en esperarle a usted sin hacer ruido. Confiaba en que sus dos empleados no subirían a esta planta destinada a vivienda. No había previsto lo que iba a ocurrir. Pasado un tiempo, he oído voces alteradas. Venían del taller. Al acercarme con mucho cuidado a la puerta de la escalera, he comprendido. Ellos acababan de darse cuenta de que la figura de cera no estaba en su sitio. Yo no había tenido tiempo de volver a componerla. Ni siquiera de pensarlo. Todo había ido muy deprisa. He pensado que ellos saldrían corriendo para dar la alarma, pero, al poco rato, les he oído decir claramente: «Vamos arriba, a ver si descubrimos algo». Tenía que buscar un lugar donde esconderme. No he encontrado nada mejor que este armario —manifestó la extraña, señalando el que había en la alcoba—. Y en él también estaba cuando, mucho más tarde, ha subido alguien. Pensaba que sería usted, pero no estaba segura de si iría acompañado. Eso me ha hecho dudar, aunque yo quería confesarle que había sido la causante involuntaria de la alarma.

—¿Desde entonces ha permanecido usted aquí?

—Sí. Ya hecho el daño, he preferido seguir esperando. Sabía que antes o después podría hablarle a solas y darle a conocer toda la verdad. Pero estaba muy cansada. Fue un largo viaje el que me trajo a París. A media tarde me he tendido en la cama, sólo para descansar el cuerpo, atenta a cualquier eventualidad. Pero, por lo visto, me he quedado dormida. Y así he estado hasta ahora. Lo siento. Ya le he dicho que no estaba en mi ánimo alarmarlo ni ocasionarle incomodidades. Pero los momentos se han ido encadenando de la manera que le he dicho. Por fortuna, ya todo está aclarado.

—¿Sabe el abogado Barois que está usted aquí?

—Desde luego que no. Ni siquiera sabe que yo tenía intención de venir esta mañana a su taller. Lo habría impedido. Él está al servicio del hombre del que le he hablado, no al mío. Sólo usted y yo sabremos que he estado en este lugar. Barois me supone ya de regreso. Ayer por la noche me entrevisté con él. Me dio muy pocas esperanzas con respecto a la construcción del autómata. Eso me decidió a quedarme un día más en París, sin que él ni nadie lo supiera, para venir a hablarle a usted y tratar de influir en su decisión final. Ya lo he hecho. Mañana emprenderé el regreso a mi lejana residencia.

—¿Dónde está su domicilio, en qué país, en qué ciudad?

—Dispénseme de responder. No tiene importancia. Y sería una indiscreción innecesaria. Pero está lo bastante lejos como para que el viaje me haya supuesto un penoso sacrificio.

Helvetius se levantó y fue hacia el ventanal. Se había ya convencido de que la mujer no contaba con acompañantes en el edificio. Pero no descartaba que pudiera haber alguno fuera, esperando acontecimientos. Escrutó la oscuridad de la calleja en busca de sombras reveladoras. Para darle justificación a su actitud, preguntó:

—¿No podría darse el caso de que Barois tuviera a alguien apostado en los alrededores?

Ella repuso, sin darle importancia a la hipótesis:

—No dispone más que del hombre que siempre va con él. Ambos están ocupados en varios asuntos a la vez. No volverán por aquí hasta la cita del sábado.

La mujer se puso en pie con dificultad. Helvetius se preguntó si sería a causa del entumecimiento o porque el incendio había afectado también a otras partes de su cuerpo. Pero se abstuvo de hacer cualquier alusión en tal sentido.

—Tendrá que perdonarme, estoy ya muy cansada

—dijo ella, recomponiéndose el vestido—. Nada puedo añadir a lo que ya he dicho. Pero de nuevo le suplico que construya el autómata. Espero de su indulgencia que mi absurda forma de actuar no le predisponga en contra de mi ruego. Ahora tengo que regresar a mi hospedaje.

—Es muy tarde. Este suburbio está muy apartado. Es enormemente solitario, en especial por la noche. Le será imposible dar con un vehículo de alquiler en un largo trecho.

—Ya no le temo a nada —repuso ella, firme y serena—. Cuando nada se tiene que perder, los miedos se van con una facilidad que asombra. Me bastaría con mostrar la cara para alejar a cualquiera que intentara molestarme. Estoy bien protegida, gracias —concluyó con ironía amarga.

—No es sólo la inseguridad. Está usted muy cansada. La distancia será larga.

—El aire fresco me dará ánimos.

—¿La aguarda en la hostería alguien que la haya acompañado en el viaje?

—He venido sola a París. Nadie me espera aquí.

—En tal caso, lo razonable será que pase usted la noche aquí. Le cedo la habitación. He cambiado la ropa de cama esta mañana. Quedarse será lo más cómodo para usted. Yo dormiré abajo, en el taller. Un banco puede convertirse en camastro.

Helvetius creyó percibir que la mujer estaba gratamente sorprendida por el ofrecimiento. Pero, de hecho, era muy difícil conocer sus reacciones. Su rostro, bajo el velo negro, resultaba invisible.

—La invitación es generosa y considerada —dijo ella tenuemente—. Pero no quiero que mañana me vean sus empleados.

—No la verán. La despertaré temprano y usted estará lejos de aquí cuando lleguen.

La mujer dudaba, como si tuviese lugar una pugna entre sus deseos y sus sentimientos. Sin demasiada firmeza, dijo:

—A pesar de todo, tengo que rechazar su hospitalidad, sin por ello dejar de agradecérsela.

—No hay motivo alguno para rechazarla —afirmó resueltamente Helvetius encendiendo otras candelas—. Es cosa decidida. La jofaina y los demás utensilios de aseo están a la vuelta. Al fondo hay una pequeña despensa. Allí encontrará algo para engañar el hambre y la sed. Debe de estar desfallecida.

—Esta situación es... muy irregular —murmuró ella, cediendo, con su último pudor vencido por el cansancio.

—No más que los acontecimientos de la jornada. Que descanse.

—Gracias. Que usted también lo haga.

Helvetius dio media vuelta, caminó hacia la escalera y emprendió el descenso.

Una vez abajo, dejó la vela que llevaba y caminó despacio hasta el falso taller frontal. Desde la oscuridad, atisbó la solitaria calleja. Esperó un largo rato. Nadie se acercó a observar señales que la mujer pudiera hacer desde los ventanales de arriba, ni la sombra de ella se proyectó sobre la grava. La desconocida ni siquiera se acercó a las ventanas. Más tarde, cesó el leve resplandor que salía de la planta privada: ella había apagado las velas.

Helvetius volvió al interior. La figura de cera estaba en el trastero, desmontada, oculta tras las planchas, como ella había dicho.

El automatista sacó todas las partes y recompuso la figura en el taller de montajes. Sólo dejó aparte el sombrero. Quería observar de nuevo el rostro. Estableció comparaciones. Cerraba los ojos para recordar mejor a la mujer que estaba arriba y luego miraba la figura.

Las proporciones corporales y la estatura eran idénticas. También el óvalo facial y la forma del cráneo. Y la cara, a pesar de la devastación causada por el incendio, resultaba aún reconocible. Sí, era ella, fuera de toda duda.

Helvetius consideró lo peculiar de la situación. Tenía ante sí la figura de cera. Arriba dormía la modelo malograda por las llamas. Y él, en aquella noche extraña, se había convertido en anfitrión y custodio de ambas.

No pudo conciliar el sueño hasta que se agotó la última de las velas. Antes, no había sido capaz de apagarlas. Prefería seguir mirando, sin cesar, a la mujer de cera.

Pero su descanso no fue plácido. En agitada duermevela, se despertaba a cada instante. Ansiaba dormir, pero no estaba a su alcance hacerlo de manera continuada. La noche se le hacía interminable.

9 *¿Decisión acertada?*

COMO surgida con las primeras luces del alba, enteramente vestida, la desconocida lo despertó con un susurro:

—Es hora de que me vaya. Otra vez gracias.

Helvetius se despertó con lentitud. Sólo en la madrugada había podido dormirse de verdad. Le costaba mucho salir del sueño.

Las vio a las dos, una junto a otra, idénticas. La mujer le había puesto el sombrero a la figura. Así, ambas bajo el velo negro, la igualdad era completa. No había forma de saber cuál era la falsa y cuál la verdadera.

Sin poder adivinar cuál de las dos le respondería, Helvetius ofreció, incorporándose:

—La acompañaré hasta dejarla en un carruaje.

—No es necesario —repuso una de las figuras saliendo de la inmovilidad—. La luz hace llevaderas las distancias.

El automatista iba a insistir en lo que consideraba su deber, pero ella abordó el tema capital sin dejarle hablar de nuevo:

—Aunque pasará algún tiempo antes de que sepa qué respuesta le dará usted a Barois el sábado, me voy con la esperanza de que sea conforme a mi ruego.

—Tendré en cuenta todo lo que me expuso anoche —dijo Helvetius.

Ella se le acercó hasta dejar poca separación entre ambos. Le tendió la mano con gran elegancia y murmuró, emocionada:

—Nunca volveremos a vernos. Me alegra haberle conocido, a pesar de la triste causa. Adiós, maestro Helvetius. Que su vida sea larga.

El automatista la acompañó hasta la puerta, la abrió y ella, sin añadir más que un leve saludo con el brazo, se fue caminando. Helvetius permaneció en el umbral hasta que la desconocida se perdió en la distancia.

GEORGES Y JEAN LLEGARON AL TALLER algo más temprano de lo acostumbrado. La excitación del día anterior aún los dominaba.

Pero encontraron a un Hans Helvetius distinto al de la víspera. Situado ante el cuarto trastero, vestido de calle, atrajo su atención en cuanto entraron. Parodiando a un voceador de feria, con ampulosos ademanes, les anunció:

—¡Y ahora, distinguido público, honorables caballeros, ante todos ustedes... la figura de cera reaparecida!

Abrió la puerta de un tirón, mostró la figura y se inclinó ante sus estupefactos oficiales como un ilusionista en demanda de aplausos.

Cuando Georges y Jean se recobraron de la gran sorpresa, lo sepultaron bajo un alud de preguntas.

Helvetius, sonriendo enigmáticamente, se hizo el misterioso un rato. Luego les dijo con franqueza falsa:

—Resultó que estaba arriba, en el armario de la alcoba. La encontré por casualidad, cuando menos lo esperaba.

—¡Pero eso no aclara quiénes la metieron allí! —clamó Georges.

—¡Ni cómo lo hicieron! —añadió Jean.

—La ocultarían en el armario para luego sacarla al callejón por el ventanal, pero algo salió mal y abandonaron la idea... Y la figura.

—Este lugar se está volviendo muy peligroso —dijo Georges, mirando con recelo a todas partes como si cada rincón ocultara un conspirador.

—Si fracasaron, volverán a intentarlo —razonó Jean.

—Lo dudo mucho. Ya habrán comprendido que estaremos más alerta que nunca. Perdido el factor sorpresa, estoy seguro de que desistirán. No creo que la figura sea objeto de ningún otro intento de robo.

—¡Lo mejor sería devolverla cuanto antes! —afirmó Georges, airado.

—Todo a su tiempo —puntualizó Helvetius, apaciguador.

—Nunca me ha gustado que esté usted solo por las noches en este lugar tan solitario, lejos de toda posible ayuda —dijo Jean.

—Maestro —terció Georges—, ¿por qué no viene a dormir a casa unas cuantas noches, hasta que devolvamos la dichosa figura? A mi mujer le encantaría, seguro. Si quiere, puede venir desde hoy mismo.

—O a la mía —ofreció también Jean—. Tenemos mucho sitio. No le molestarían los niños. Estaría usted muy independiente.

—Amigos, os lo agradezco de veras, pero no hay por qué preocuparse. Iré ahora mismo a comunicarle el hallazgo al magistrado Menjoul para poner fin al asunto.

Nada convencidos, Georges y Jean fueron con él hasta la puerta.

—Continuad con la perforación de los cilindros tal como habíamos acordado. No tardaré mucho. ¡Salud!

Al dar sus primeros pasos en la calleja, Helvetius oyó cómo sus ayudantes, ruidosamente, atrancaban la puerta con la barra de hierro. Sonrió ligeramente y apresuró la marcha.

Al volver adentro, Georges cerró violentamente la puerta del trastero para librarse de la visión de la figura de cera.

—Ten cuidado —le dijo Jean—. Vas a agrietarla.

—¡Más nos valdría a todos que se hiciera mil pedazos! —replicó Georges con rabia.

EN EL ANTEDESPACHO DEL JUEZ MENJOUL, Barrès, su secretario, muy envarado en su corta estatura casi de enano, estaba distribuyendo trabajo y dando estrictas órdenes a los tres oficiales burocráticos que tenía bajo su mando.

Al reparar en la entrada de Hans Helvetius, Barrès mandó a los funcionarios de vuelta a sus respectivas mesas y se apresuró a anunciarle al magistrado la nueva visita del automatista.

Momentos después, Menjoul estaba oyendo el relato del famoso mecánico con toda atención. Arqueó ostensiblemente las cejas al referirle Helvetius lo dicho por la mujer del rostro dañado, pero siguió escuchando en silencio hasta el final. Entonces habló:

—Antes de preguntarle si da usted crédito a lo que esa mujer le contó, déjeme anticiparle mi opinión, Helvetius. A la luz de mi experiencia, me inclino a pensar que ella le expuso una patraña. Creo que su visita fue una farsa, aunque, eso sí, ejecutada con excepcional habilidad y presencia de ánimo.

—No excluyo esa posibilidad, ni mucho menos. En algunos momentos me parece la más plausible. Pero puedo asegurar que los tejidos de su cara estaban realmente dañados. No era un trucaje: se advertía el destrozo de materia facial causado por las llamas. Llegaba casi al hueso.

—De acuerdo: las lesiones eran auténticas. Pero eso no basta para dar sustento a la historia que contó. En ocasiones se utiliza a personas con características anormales para desviar la atención de los verdaderos móviles de una actividad ilegal. Le podría ofrecer varios ejemplos conocidos por mí directamente.

—El parecido entre las dos figuras era total: estatura, dimensiones, proporciones, forma craneal, facciones...

—Nada de eso es imposible de lograr en una impostura bien urdida.

—Y cuando ella hablaba, su voz estaba dotada de un acento de veracidad y amargura como nunca he oído en nadie.

El magistrado sonrió con indulgencia:

—Nunca lo había oído usted porque jamás le habían hecho objeto de una interpretación privada tan perfecta y depurada. Las personas que dicen la verdad no necesitan ayudarse con esos tonos de intensa sinceridad porque les basta con transmitir honesta y naturalmente lo que quieren comunicarnos.

—Según en qué casos, Menjoul. Ella tenía que luchar contra mi actitud negativa, contra el mal efecto de los sucesos del día y contra la propia singularidad de su mensaje. Además, no he dicho que ella sobreactuara su papel. Al contrario: esa sensación de veracidad nacía de la sencillez con que se expresaba.

—Amigo Helvetius, una interpretación perfecta y depurada, como yo la he definido, nunca se nos ofrece de manera sobreactuada, sino con esa aparente sencillez a que usted alude. Soy persona experimentada en esta materia. Docenas de veces he tenido que oír declaraciones de inculpados o testigos que, bajo juramento y con la mayor sencillez, naturalidad y apariencia de veracidad, afirmaban cosas que más tarde los hechos o nuevas pruebas desmentían totalmente. ¡Y no me refiero a que mentían al decir *sí, no* o *no lo sé*, sino al relatar elaboradas historias de larga duración! La falsedad compleja es siempre la más peligrosa. Creo que estamos ante uno de esos engaños de gran magnitud. Pero no quiero ser demasiado insistente. Me he limitado a ofrecerle mi visión profesional. Tal vez la tenga deformada a causa de haber hecho frente en mi vida a un sinnúmero de fraudes e imposturas.

Helvetius se quedó absorto y silencioso. Sopesaba todo lo dicho por el juez y lo contrastaba con sus propias impresiones. No obstante, una conclusión clara estaba lejos de formulársele.

—¿Sigue usted pensando que Julien Barois es un falso abogado? —preguntó, mientras seguía pensando.

—A la postre, es una cuestión secundaria. Ciertos letrados intervienen en los más turbios asuntos. La mayor parte de su actividad se desarrolla lejos de los tribunales, de espaldas a ellos incluso. Obtienen más beneficios en manejos irregulares que al servicio de la justicia. Los métodos del señor Barois, con ese acompañante que cambia de disfraz con tanta facilidad, parecen propios de uno de esos abogados que no dignifican la profesión. Pero tampoco puede darse tal cosa por sentada.

—¿Sigo contando con su ayuda, Menjoul?

—Le dije que el caso me interesaba y lo mantengo. Pero, fuera de mi interés personal, tengo las manos atadas. No puedo recurrir a las investigaciones policiales si usted no presenta algún tipo de demanda. Y eso, como ya hemos comentado, pondría en peligro su anonimato en París.

Helvetius dijo de pronto:

—Dentro de tres meses formularé la denuncia.

El juez puso cara de haber oído algo absurdo.

—¿Dentro de tres meses? ¿Cuando todo esté olvidado y no tengamos la menor posibilidad de encontrar el rastro de esa gente?

—No, Menjoul. Cuando las tengamos todas, porque dentro de tres meses les entregaré el autómata.

La sorpresa del magistrado, aunque de otro género, no fue menor.

—Así que ha decidido usted aceptar el encargo.

—Sí.

—Quiere ello decir que, en alguna medida, da por bueno lo que la mujer desfigurada le explicó.

—Sobre eso tengo todas las dudas. Pero no es obstáculo para mi decisión.

—No le comprendo, Helvetius. ¿Le es indiferente cuál sea la verdad?

—En absoluto.

—Explíquese, se lo ruego.

—Mi decisión es válida en todos los casos. Si lo que ella dijo es cierto, no tengo inconveniente en brindarle a ese hombre atormentado la forma de consuelo que cree necesitar.

—Una forma bien extraña, por cierto. Y tal vez errónea. Si está abrumado por los remordimientos, la posesión de una figura animada que tenga la exacta apariencia de su amante antes del accidente puede acabar torturándole aún más y exasperando sus sentimientos de culpa.

—Si eso ocurre, él siempre podrá apartar el autómata de su vista o destruirlo. Complaciéndole no le causaré ningún daño irreparable.

—Sí, se lo concedo. Pero ¿y si la intervención de esa mujer fue una superchería para ocultar motivos menos honorables?

—Bajo este supuesto, también quiero construir el androide y entregárselo. De este modo será posible desenmascarar a nuestros adversarios.

Menjoul sólo necesitó reflexionar un momento para decir:

—Reconozco que me ha cogido por sorpresa, pero creo que su razonamiento es coherente y acertado. Sí, se lo alabo. Evitaremos, pues, todo movimiento visible hasta que llegue el momento. Ahora las pistas son muy débiles para una actuación con garantías de éxito. No obstante, me tomaré ciertas libertades con respecto a la normativa legal para lograr algunos avances en la investigación preliminar; si usted me da su consentimiento, claro.

—Lo tiene. ¿Qué piensa hacer?

—Con cualquier pretexto que no lo involucre a usted todavía ni airee nada de figuras de cera ni autómatas, ordenaré que se averigüe en qué servicio de postas o carruaje privado viaja hoy desde París a otro lugar de Francia o del extranjero una mujer con las características inconfundibles de su misteriosa visitante. Si no es vista en ninguna ruta, podremos pensar que le mintió en un aspecto por lo menos.

—No veo inconveniente en que se haga, siempre que ella no se dé cuenta de que está bajo vigilancia.

—Esa pequeña discreción sí puedo garantizársela.

10 *Una estratagema infructuosa*

AQUELLA misma mañana, Helvetius comunicó su decisión a Georges y a Jean:

—He establecido un pacto secreto con el magistrado Antoine Menjoul —les anunció solemnemente, exagerando la verdad, para lograr su cooperación sin reticencias—. Estaremos por un tiempo al servicio de la justicia sin que lo sepa nadie. Construiremos un autómata tomando como modelo la figura de cera.

—Entonces, ¿la tendremos aquí todo ese tiempo? —interrumpió Georges con abierto desagrado.

—Será preciso. Sólo de esta manera la policía podrá dar su merecido a los que nos la jugaron cambiando la figura de sitio.

—¿Será como prepararles una trampa? —dijo Jean.

—Sí, en cierto modo. Va a ser el medio de dar con ellos. De otra forma, no resultaría posible.

La idea empezaba a gustarles. Helvetius continuó:

—Pero la captura no tendrá lugar aquí, sino lejos. Nosotros no sufriremos peligros ni molestias.

—¿Cuándo empezaremos? —inquirió Georges, interesado.

—El lunes. Entretanto, recogeremos todo lo que estábamos haciendo. Los trabajos del teatro mecánico quedarán interrumpidos hasta la entrega del autómata. Espero que, de principio a fin, no nos llevará más de tres meses.

—¿Sólo? —se extrañó Jean.

—Si nos ponemos a ello, lo conseguiremos. No podemos perder ni un día. Las autoridades esperan que cumplamos lo más pronto posible nuestro cometido. Y, desde luego, tendremos que observar un completo silencio. A nadie le diremos nada del asunto. La noticia de la construcción del autómata no ha de llegar a oídos extraños. Y menos aún, que la policía lo utilizará para tender una emboscada a los allanadores. ¿Está claro?

Ambos asintieron al unísono.

ERA EL ATARDECER del sábado. Helvetius se encontraba solo en el taller de montaje, perdido en sus divagaciones, cuando advirtió que ya pasaba mucho de la hora en que Barois había hecho su aparición las otras veces.

Aunque sin motivo suficiente, le asaltó la idea de que el supuesto abogado no se presentaría. Algo podía haber cambiado en el último momento. Tal vez se había enterado de la intervención de la mujer del rostro desfigurado y consideraba peligroso llevar el asunto adelante. Acaso su anónimo cliente había dado contraorden por alguna otra causa.

Observó el callejón desde el interior. No se veía a nadie. Ni asomo del equívoco abogado o de su estrafalario ayudante.

La sospecha de que ellos hubieran abandonado su propósito, lejos de aliviarlo, le causó una contrariedad profunda. Había ya tomado la decisión, con todas sus consecuencias. Ya formaba parte de lo más íntimo de sus deseos. Más aún de lo que él pensaba. Y la incomparecencia de Barois se lo estaba revelando: su voluntad estaba apresada en el misterio de la figura de cera.

Un súbito repiqueteo en los cristales lo sacó de sus cavilaciones. La cara redonda de Barois estaba pegada a ellos. Trataba de mirar adentro a través de la suciedad.

Helvetius se concedió unos instantes para cubrir su rostro de indiferencia. Después abrió.

—No sabe lo mucho que deploro haberle hecho esperar —declaró el abogado lleno de consternación—. Todo ha sido a causa de un inoportuno accidente en ruta. Volvíamos de Chartres, adonde nos había llevado uno de los asuntos de mi bufete itinerante, cuando un percance con uno de los ejes del carruaje nos tuvo parados en el camino por más de dos horas.

—No importa —repuso el automatista secamente—. De todos modos, yo iba a estar aquí. Entre.

Cambiando de tono, el abogado quiso saber, hablando casi con temor:

—Bien, ¿puede darme ya... la buena noticia?

—No creo que usted la considere buena: no hay trato. Lo lamento. Veo el asunto muy raro. No me convence.

—Pero...

—Le ruego que no insista. Ya he dedicado bastante tiempo a este asunto. Disponga usted lo necesario para que la figura de cera sea retirada de aquí hoy mismo. Salgo esta noche de viaje y este lugar quedará clausurado durante una temporada.

Barois era la viva estampa de la desolación. Miraba de reojo hacia el trastero donde había visto la imagen en su visita anterior. La puerta estaba cerrada. Helvetius, con maneras desabridas, insistió:

—Llévesela ahora mismo, aunque tenga que ser bajo el brazo. Ya estoy harto de tenerla aquí. Me niego a ser su depositario ni un minuto más. Tengo otras cosas en que pensar.

Por primera vez en sus encuentros, Barois se había quedado sin palabras. Incapaz de reaccionar, avasallado por la intemperancia del automatista, se dirigió al trastero como un obediente lacayo. Al abrir la puerta y ver que la figura no estaba allí, dudó un instante.

Helvetius lo observaba con la máxima atención. Esperaba algún gesto delator. Pero Barois ni siquiera hizo intención de buscar tras las planchas metálicas. Se volvió a mirarle, desconcertado.

—Está arriba, en el lugar donde suelen estar escondidas las mujeres con velo negro. ¡Vamos! Usted delante.

Con aspecto de no comprender nada, pero sin atreverse a contrariar a Helvetius, el supuesto abogado inició penosamente la ascensión de los peldaños. El automatista lo seguía a poca distancia.

Una vez arriba, le dijo:

—Busque usted mismo. Su intuición profesional le ayudará a dar con ella enseguida. No tiene sentido prolongar esta situación más de lo necesario. Délo todo por perdido.

Se le adivinaban a Barois deseos de revolverse contra Helvetius. Pero, por alguna razón, se contenía. Deambuló sin ton ni son por las estancias. Iba de un lado a otro, sin orden ni sistema, como si esperara toparse con la figura al azar.

El automatista lo azuzó:

Vamos, Barois, no me diga que no es capaz de encontrarla. ¿Su ingenio lo ha abandonado, o finge no saber nada de lo que ha pasado aquí?

El visitante, por fin, estalló:

—¡Basta! ¡Le conmino a que ponga fin a esta humillación! Dígame de una vez dónde la tiene. No se crea con derecho a jugar al escondite conmigo o le pesará. ¡He venido aquí en misión profesional, no a servirle de diversión a usted!

—¿De verdad no cae en la cuenta? ¡Pensé que se le ocurriría!

—Basta de estúpidas chanzas. La figura no le pertenece. No me iré de aquí sin llevármela.

Barois estaba llegando al colmo de su indignación. Helvetius admitió para sus adentros que la pequeña estratagema había fracasado. O el abogado era un consumado actor, o no sabía nada de la visita de la mujer del velo negro. Ni un solo gesto revelador, ni una mirada, nada. Ni creyéndolo todo perdido se le había visto el menor atisbo que demostrara que estaba enterado de las circunstancias de la desaparición de la figura. Ninguna prueba, por tanto, de que la mujer hubiese mentido, siquiera en parte.

Había llegado el momento de deshacer el engaño para no delatarla a ella. Dando un oportuno giro a la situación, Helvetius exhibió una sonrisa que le pareció adecuada y dijo:

—Mis bromas son a veces excesivas. Sí, me lo han dicho muchas veces. Pero aún no he logrado corregirme.

—Desde luego que lo son. Terminemos con esto de una vez por todas. No estoy dispuesto a aguantarle más impertinencias, por mucho que usted sea el gran Helvetius. La grandeza hay que demostrarla de otro modo —sentenció Barois, aún furioso.

—¿No le disculpará una broma pesada a un futuro socio?

—No vamos a estar asociados en nada. ¿Dónde está la figura?

—En el armario de la alcoba. Pero no es necesario que se moleste en sacarla de allí porque voy a construir el autómata. Tiene de ello mi palabra de honor.

A Barois le resultó muy difícil asimilar el cambio de Helvetius, o lo aparentó, cuando preguntó, dubitativo:

—¿A qué carta tengo que quedarme? ¿Es esto una continuación de la broma?

—En absoluto, Barois. Su cliente tendrá el autómata en tres meses.

—¿Es una decisión irrevocable, auténtica? —preguntó el abogado, aún con desconfianza.

—Ahora le estoy hablando con total seriedad. He tomado la decisión más favorable para mis intereses. Necesito el premio monetario que se me ha ofrecido.

Aquel argumento fue más convincente para Barois. Sólo insistió una última vez:

—Sigo sin entender por qué ha intentado confundirme antes, pero quisiera creer que vamos a entendernos.

—Unos minutos de confusión bien valen un acuerdo satisfactorio para ambos, ¿no le parece? —dijo Helvetius.

—Si lo ve usted así, por mí no hay inconveniente —repuso Barois, que ya sólo parecía pensar en su comisión de intermediario—. ¿Puedo ver la figura, sin embargo?

—Acompáñeme.

Fueron a la alcoba y Helvetius abrió el armario. Allí estaba la figura, perfectamente colocada. Con un solo vistazo Barois se dio por satisfecho:

—Todo aclarado. Bajemos ya, si le parece.

Una vez abajo, el abogado volvió a ser el mismo de siempre, aunque más expeditivo. Le dijo a Helvetius:

—Por favor, ¿puede prestarme un candil? Será sólo un momento.

Cuando Helvetius se lo hubo dado, salió con el utensilio al callejón y, en medio de la calzada, lo elevó varias veces haciendo señales.

Poco después, un deteriorado carromato tirado por un caballo escuálido entró en la calleja y avanzó hasta la puerta del taller. El habitual secuaz del abogado iba en el endeble pescante. Esta vez se había disfrazado de trapero. En el carro llevaba toda clase de desechos.

Barois rebuscó entre la mezcolanza de objetos y trapos. El otro se le acercó. Helvetius los observaba desde el taller delantero. Creyó advertir en aquel momento que entre los dos había un cuchicheo furtivo. Vio sonreír burlonamente al falso trapero. Y entonces dudó. ¿Le estaba contando Barois lo de la fracasada estratagema? ¿Lo había superado, siendo más hábil que él en el engaño? ¿Dónde, pues, estaba la verdad? ¿O en aquel extraño asunto no había más que verdades a medias y medias falsedades? Era demasiado tarde ya para saberlo por medio de Barois.

El sospechoso abogado internacional extrajo una bolsa de entre la desmadejada profusión de desperdicios del carro y regresó enseguida al interior, mientras el otro individuo aguardaba fuera.

—Sírvase comprobar, maestro Helvetius, que la bolsa contiene la suma estipulada como anticipo.

El recuento fue satisfactorio. A partir de aquel momento, Barois se comportó como si la entrega del dinero lo autorizase a hablarle a Helvetius de igual a igual:

—Puede utilizar la indumentaria de la figura de cera para vestir al autómata. Aunque parece de una pieza, está dividida en partes. Póngale también la misma peluca y los mismos zapatos. Todo eso que se ahorrará usted. Además, así lo quiere mi cliente. ¿Algún impedimento?

—Ninguno.

—¿Cuándo estará listo el androide?

—En unos tres meses, espero. ¿Adónde podré mandarle aviso para la entrega?

Sin pensarlo, dijo Barois:

—Cuando lo tenga terminado, cuelgue un trapo negro de una de las ventanas de arriba, de modo que se vea a distancia. Nosotros estaremos atentos a la señal. Hasta aquel momento no volveremos a molestarle. Ha sido un placer. Muchas gracias por todo.

El pretendido abogado se inclinó brevemente, dio media vuelta y salió al exterior.

A los pocos momentos, los dos emisarios se alejaban a bordo del desvencijado carromato.

Aquélla fue la última vez que Hans Helvetius los vio.

Interludio

TRAS la semana de misteriosas e inesperadas vicisitudes, los acontecimientos abrieron una tregua que iba a durar casi tres meses. Ningún hecho externo perturbó la intensa actividad del taller de Hans Helvetius.

El magistrado Menjoul se mantuvo a la expectativa, aunque no totalmente inactivo con respecto a aquel caso que tanto interés le había despertado. Sin desatender las numerosas obligaciones de su cargo público, dedicó aquellas semanas de calma a trazar el minucioso plan que entraría en vigor cuando la figura mecánica estuviese a punto de ser entregada.

En el primer período de la espera había recibido el resultado de la indagación efectuada en torno al viaje de regreso de la mujer del velo. El informe confidencial decía así:

> *Como resumen de las diversas observaciones realizadas por agentes de servicio, queda establecido y fuera de duda que la mujer descrita en la orden de investigación tomó en el día indicado la posta de París a Bruselas. Hay constancia de su alojamiento en diversos albergues a lo largo de la ruta, según es lo acostumbrado en los viajes de esa línea. Siempre llevaba el velo puesto. No han sido hallados testigos que llegaran a ver su cara ni un solo momento. Se retiraba a su habitación inmediatamente después de su llegada a las respectivas hospederías y se hacía servir allí algunos alimentos. Cuando el personal de los establecimientos entraba en su cuarto por razones del servicio, la encontraban siempre con el sombrero puesto y el velo por delante de la cara, a pesar de que había una iluminación muy tenue en esas estancias.*

Uno de nuestros hombres se introdujo en el carruaje y compartió con ella, sentado a su lado, un breve trecho del viaje. Ni siquiera desde su punto de observación lateral pudo ver nada de su semblante porque el velo estaba sujeto al cuello del vestido por medio de unos cierres. Toda visión de aquella cara era imposible. El agente intentó trabar con la dama una conversación incidental, pero sólo obtuvo respuestas lacónicas que enseguida se convirtieron en indiferente mutismo por parte de la señora.

El servicio concluyó a la llegada de la posta a la frontera con el reino de los Países Bajos. Pero se comprobó que la dama había contratado viaje hasta Bruselas.

Puede darse por cumplido el objetivo de que ella no advirtiera en ningún momento que estaba sometida a vigilancia.

Tras aquello, Menjoul cursó a las autoridades de Bruselas demanda de cualquier información relacionada con un accidente ocurrido en los últimos años del que una mujer cercana a la treintena hubiese resultado con graves quemaduras en el rostro.

La respuesta fue negativa. No se tenía conocimiento de un caso semejante. Pero el parte confidencial matizaba que la ausencia de antecedentes no bastaba para demostrar que el suceso no hubiese tenido lugar en el área de Bruselas. A veces, explicaba, los afectados por esa clase de lesiones, si disponían de medios para ello, preferían ser asistidos de manera estrictamente privada y no daban parte de lo ocurrido para ocultar su desgracia al conocimiento público.

A pesar de la ambigüedad de la información, Menjoul desistió de promover pesquisas más detalladas. Consideraba muy importante que nada pusiera sobre aviso a los implicados. Quería tenerlos desprevenidos para caer sobre ellos en el momento adecuado. Durante la construcción del autómata tenía, por tanto, que producirse un compás de espera.

Libre de asechanzas y sobresaltos, Helvetius pudo consagrarse por entero a su labor. Sabía que el futuro destino del autómata era incierto, casi aceptaba de antemano que acabaría quedando fuera de su control, en paradero quizá desconocido. No era tan optimista como el juez Menjoul en cuanto al desenmascaramiento final de los involucrados. Pero no por ello descuidó su trabajo. Se había propuesto realizarlo con toda la excelencia de que fuera capaz, como si aquel androide estuviese destinado a partir en gira triunfal por Europa y América. Sin embargo, consideraba probable que, en realidad, muy pocas personas llegarían a verlo. No obstante, perseveró hasta el final en su empeño de convertirlo en un prodigio del arte de la mecánica.

Georges y Jean, contagiados del espíritu de superación de su maestro, se aplicaron también con gran eficiencia al logro final. Su aportación fue magnífica en todos los cometidos auxiliares que les fueron encomendados por Helvetius.

Mas no por ello debe pensarse que el ánimo del gran automatista permaneció ajeno a conjeturas y divagaciones inquietantes. Durante las largas jornadas de trabajo apenas pensaba más que en lo que hacía. Pero las noches eran también largas, y propicias a toda suerte de cábalas. Por su mente pasaban muy variadas hipótesis acerca del misterio de la figura de cera y las demás incógnitas que la envolvían oscuramente.

Por fortuna para él, muchas de las conjeturas no se le quedaban en la memoria. Las olvidaba pronto, por imposibles o disparatadas. Pero otras, a menudo sombrías, se adherían a su ánimo o reaparecían con nuevas variantes una y otra vez hasta someterlo a un asedio abrumador.

Sin embargo, no hizo a Georges y Jean partícipes de aquellas inquietudes. Los necesitaba en su mejor forma para el óptimo avance de los trabajos.

En ningún momento llegó a creer por entero lo que le

había dicho la mujer del rostro desfigurado. Nunca tampoco la consideró del todo como una farsante culpable. Y siempre recordó el conmovedor acento de sus palabras. En definitiva, sólo el tiempo podría darle, si no todas, algunas de las respuestas que esperaba.

SEGUNDA PARTE

1 *Una obra maestra*

EL dispositivo de control policial entró en aplicación el día primero de septiembre. Veinticuatro horas más tarde fue colocado el paño negro en las ventanas altas. Se veía perfectamente a distancia.

Los interiores del edificio quedaron bajo la permanente vigilancia de dos hombres armados, mientras que un tercero, igualmente provisto de armamento, montaba guardia, caracterizado como cochero, en un carruaje apostado en la cercana bocacalle. Dicho vehículo era reemplazado a menudo y cambiado de posición para evitar que una permanencia demasiado estática delatara su función.

Gracias a un sistema de relevos que se producían cada doce horas, la protección abarcaba todos los instantes del día y de la noche.

Los dos agentes policiales que custodiaban el taller desde el interior tenían asignados como puestos de escondite, respectivamente, el trastero y el descansillo de comunicación entre las dos plantas. No estaban en esos lugares de modo habitual, pero sí prestos a ocuparlos al menor indicio de que alguien se acercara al taller.

Aquella precaución tenía un motivo fundamental. Sólo iban a intervenir y mostrar su presencia si se producía cualquier acto de allanamiento, asalto o entrada subrepticia por medio del cual terceras personas trataran de apoderarse ilegítimamente del autómata. Pero si todo se desarrollaba en debida forma y sin incidentes, tenían orden de permanecer ocultos para hacer creer que Hans Helvetius estaba solo en el edificio.

Porque lo esencial del plan consistía en efectuar un seguimiento de la valiosa mercancía hasta su último destino sin que quienes la transportaran tuviesen noción de ser seguidos.

Para ello, un contingente de hombres y vehículos muy superior al que defendía el taller estaba dispuesto para entrar en acción en cualquier momento. Se habían establecido también acuerdos de frontera con las naciones vecinas por si era necesaria la continuación del servicio en suelo extranjero. Las rutas hacia Bruselas habían sido objeto de especial estudio.

Para lograr semejante despliegue, Antoine Menjoul había tenido que hacer frente a no pocas dificultades. El carácter delictivo del caso no estaba probado. Todas las sospechas se basaban en presunciones.

Al fin, sus insistentes gestiones habían logrado la resuelta colaboración de Jacques Mahot, superintendente de la policía de París. Así quedaba asegurada una cobertura amplia en hombres y recursos.

Se adoptó también una precaución suplementaria. Helvetius había extraído del interior de la figura una pequeña parte del mecanismo sin la cual no podía entrar en funcionamiento. No era posible sustituir los elementos retirados, ya que en ellos residía gran parte del secreto de la animación del autómata, exclusivo de Hans Helvetius. Sólo Georges y Jean, conocedores del sistema, habrían podido subsanar la ausencia de aquellos elementos mecánicos.

La figura basada en la mujer de cera era una obra maestra, una joya sin igual del arte de los autómatas, la más perfecta creación de Hans Helvetius. El artífice había volcado todo su talento, como si de la genialidad de aquel trabajo dependiera algo vital para su persona.

Un entendido en mecánica habría podido apreciar, de serle dado permiso para examinar con detalle el interior, la sorprendente simplicidad de sus sistemas de precisión. Era imposible lograr un mejor resultado con tan sencillos diseños. Había en ellos gran cantidad de innovaciones para dotar a la figura de una asombrosa variedad de movimientos, nunca logrados hasta entonces.

La mujer mecánica era capaz de andar, de forma grácil y equilibrada, tanto en línea recta, avanzando, dando media vuelta y volviendo a su lugar, como en trayectoria curva en torno al observador.

Describía un ligero y elegante braceo y disponía de varios giros e inclinaciones de cuello, tan sutiles como armónicos.

Pero contemplarla cuando no caminaba era aún más impresionante. El busto mostraba una respiración sosegada y rítmica, y la naturalidad de los movimientos de la cara rayaba en la perfección. La igualdad con el rostro de la figura de cera era impecable, y el autómata poseía todos los atributos de la expresividad. Aquel prodigio incluía parpadeos, movimientos suaves de los ojos, muy oscuros y penetrantes, leves enarcamientos de las cejas y ciertos cambios en los labios, que pasaban de una posición de reposo a varios rictus indefinibles.

Su apariencia de vida era sobrecogedora. Excedía del encanto de un artificio verosímil para llegar a convertirse en un verdadero desafío a la credulidad del espectador. Era tanta la maestría de la ilusión, que causaba un vago malestar de índole desconocida. La sugestión que desprendía era tan intensa, que incluso cuando estaba inmóvil resultaba difícil mirarla fijamente sin turbarse.

Tal vez a causa de ello, Georges y Jean, siempre que era posible, la tenían con el sombrero y el velo puestos. También agradecían esa medida los agentes de policía destacados en el taller. Después de haberle dado un primer vistazo admirativo a la figura, preferían no reincidir en su contemplación.

El 2 de septiembre, el autómata quedó totalmente listo para la entrega. Ya sólo restaba esperar. El mecanismo extraído estaba oculto en un viejo mueble de la primera planta, al fondo de un cajón chirriante y pesado.

Helvetius les concedió a Georges y a Jean veinte días de completo descanso y alejamiento del taller. Habían realizado un duro esfuerzo en aquellas semanas. A causa del permiso, sólo más tarde tuvieron conocimiento de los inauditos hechos que iban a desarrollarse.

Helvetius no estaba menos exhausto que sus ayudantes. Pero debía permanecer en el edificio, sin abandonarlo ni un momento, hasta el acto de entrega de la mujer autómata, que esperaba inmóvil en la sala de los espejos.

Transcurrió toda la segunda jornada de septiembre. Nadie compareció. Al entrar la noche, la alerta de los hombres de vigilancia se hizo más tensa. Si se esperaba un intento de asalto, las horas nocturnas eran las más amenazadas. Pero la noche transcurrió sin percances. Y de igual modo las siguientes noches y jornadas. Nadie acudió al taller a interesarse por el nuevo autómata. El callejón estuvo tan solitario como de costumbre. Sólo en una ocasión llegó un carro a uno de los almacenes contiguos. Se procedió a identificar discretamente a sus ocupantes y quedó claro que se trataba de personas vinculadas con aquel local y sin relación posible con el misterio del autómata.

En la mañana del 9 de septiembre, agobiado por una semana de continua espera, Helvetius decidió abandonar el taller por unas horas. Los propios hombres de guardia le animaron a que lo hiciera. Lo veían muy obsesionado por la tardanza de los emisarios del comprador de la figura. Le aconsejaron que se fuera a pasear a sus anchas por París.

Así pues, sobre las diez de la mañana, el automatista rompió su largo encierro. Para guardar las apariencias, simuló cerrar por fuera y dejó colocado un rótulo que anunciaba:

CERRADO

ESTARÉ AUSENTE HASTA LAS 2

Unos metros por encima del aviso colgaba el paño negro. Allí había estado todos aquellos días.

Naturalmente, los dos policías continuaron al acecho en el interior, sin mostrarse. También continuó en su puesto el que estaba en el carruaje. Helvetius lo saludó disimuladamente al alejarse.

El automatista ansiaba convertirse por unas horas en un paseante despreocupado. No sabía por cuánto tiempo iba aún a proseguir la espera. Necesitaba en verdad un pequeño margen de respiro.

Y, por un misterioso azar, en aquellas horas en que casi se olvidó de lo que tanto había llegado a inquietarlo, ocurrió el desastre.

2 *La mañana del 9 de septiembre*

CERCANO el mediodía, tres hombres llegaron a las inmediaciones del escenario de los hechos. Iban a relevar a sus compañeros que montaban guardia desde la medianoche anterior. No esperaban encontrar nada extraño. Sin embargo, en cuanto vieron el taller a distancia, se percataron de que algo anómalo ocurría.

El carruaje utilizado como camuflaje por el agente situado en la bocacalle no estaba en su lugar, sino al fondo del callejón, ante el taller de Hans Helvetius.

Esperaron sin acercarse, en actitud de alerta, disimulados en los soportales, con la vista clavada en la calleja sometida a vigilancia.

Ellos aún ignoraban que el automatista se había ausentado dos horas antes. Pensaron que tal vez en aquellos precisos momentos estaba reunido con los representantes del comprador. Quizá por ello el agente del carruaje habría decidido acercarse al taller para tener un control más estrecho de los acontecimientos. Su disfraz se lo permitía hasta cierto punto. El vehículo era la tapadera: podía fingirse cochero o repartidor.

Pero, observando con mayor atención, se dieron cuenta de que el agente no ocupaba el pescante ni la cabina del vehículo. Por las trazas, estaba en el interior del taller.

Aquello ya era más extraño. Sin embargo, esperaron. La aparición de los tres recién llegados podía ser muy contraproducente si, de verdad, Helvetius estaba mostrando el autómata a los abogados del hombre que lo había encargado.

Pero, al momento, uno de los tres policías cayó en la cuenta de otra anomalía:

—Si los compradores están allí, ¿dónde está el carruaje con el que van a llevarse el autómata?

—Tal vez hayan contratado a Marcel creyendo que era un cochero auténtico —aventuró otro, aunque no muy convencido.

—Hay algo más que no me gusta —dijo el tercero—. Pero no puedo dar con ello. De todos modos, el instinto me dice que algo no cuadra. Echo de menos alguna cosa clave.

—¡Déjate de charadas! Dinos, ¿qué es? —dijo el primero.

—Lo veo y no lo veo. Dejadme pensar.

—¡Mirad! —alertó el que había hablado antes con poca convicción.

En aquel momento, dos de los hombres a los que iban a relevar salieron precipitadamente del taller, montaron en el vehículo de camuflaje, fustigaron a los dos caballos del tiro y emprendieron la marcha con gran rapidez.

Los tres agentes recién llegados se hicieron visibles inmediatamente y salieron al paso del carruaje.

Sin detenerse, los dos que iban en el pescante gritaron al pasar junto a ellos:

—¡Un desastre! La mujer mecánica ha desaparecido. Vamos a la central a dar la alarma.

Casi sin poder creer lo que habían oído, los tres corrieron hacia el taller de Helvetius. Allí encontraron al tercero de los hombres del turno anterior. Parecía estar viviendo una pesadilla. Atropelladamente, les confirmó la alarma:

—¡No sabemos cómo, ni cuándo, ni quién, ni por dónde, pero se la han llevado!

Sosegándose a duras penas, les expuso los desconcertantes hechos:

—Yo estaba en el carruaje, allá en la bocacalle. Ya pensaba en el relevo, me sentía bastante cansado, pero aguantaba bien la alerta. De pronto, me he dado cuenta de que el trapo negro no estaba colgado de la ventana de arriba: había desaparecido.

—¡Claro! Eso es lo que yo echaba de menos: el trapo negro —dijo el policía que antes había notado una anomalía sin darse cuenta de cuál era.

—Puedo jurar que momentos antes estaba en su lugar —continuó el desolado agente—. Me he fijado porque se había levantado aire y se movía como un estandarte. Me he dicho que después habría caído al suelo, aunque desde donde yo estaba no podía verlo. El trapo era una señal para la gente que esperábamos. Interesaba volver a ponerlo en su sitio cuanto antes. Así que he decidido llegarme a avisar a los de dentro para que lo hicieran. He venido con el vehículo para llamar su atención más fácilmente. Ya al irme acercando, veía que el trapo no estaba caído en la grava ni enganchado en ningún lugar de la fachada. Pero aún he pensado entonces —dijo con irónica rabia— que ellos se habían dado cuenta y se disponían a devolverlo a su lugar. Nada de eso. ¡Bien distinto iba a ser todo! Ellos, al oír que un carruaje se acercaba, sin saber que era yo, permanecían al acecho, tratando de ver sin ser vistos.

—¿Helvetius no ha salido a averiguar quién llegaba?

—No está. Se ha ido esta mañana.

—¡Sigue!

—He esperado un poco con el vehículo en la puerta. Después, Albert se ha asomado por arriba, con cuidado. Le he preguntado por el trapo. Al darse cuenta de que no estaba en ninguna parte, ha bajado enseguida al taller para decírselo a Paul. Él no se había alejado del salón de los espejos. Han comprendido entonces que algo había escapado a su control, no sólo el trapo. Enseguida han hecho el descubrimiento fatal: el autómata entero y la cabeza de la figura de cera no estaban en su lugar ni en ningún otro sitio. Y algo peor todavía: el mecanismo que estaba separado del interior de la figura faltaba también del cajón donde lo había escondido Helvetius.

—¿Cómo habrán podido saber dónde estaba?

—¡Que me corten la cabeza si lo sé! ¡Que me arrojen al mar con un lastre en los pies si entiendo algo de todo esto! Un poco antes, ellos habían comprobado que todo estaba en su lugar, como hacían de vez en cuando. Ninguno de los tres hemos visto a nadie, ni hemos notado nada raro, ni la menor anomalía. Nada de nada. Todo tranquilidad. Y luego, ¡zas! ¡Es para volverse loco!

Los otros no sabían qué decir. Interiormente sentían un gran alivio. El hecho no había ocurrido en su turno.

—¡Nadie ha podido acercarse hasta aquí, ni por el callejón ni por la parte de atrás, sin que detectáramos inmediatamente su presencia. Además, ¡no han tenido tiempo material para llevar a cabo el robo, no ha habido ni un segundo en blanco, sin vigilancia, ni una sola rendija o distracción, podemos jurarlo los tres! No sé cuál es la explicación a todo esto. Si alguien la encuentra, me descubriré ante él toda la vida, porque es imposible que haya ocurrido lo que ha ocurrido.

—No te preocupes, hombre —aconsejó uno de los otros, por decir algo—. Cuando uno ha hecho lo que ha podido, no tiene nada que reprocharse.

—¡Pero pueden tenerlo los demás! ¡Va a parecer que nosotros hemos consentido el robo para beneficiarnos de algo! Nadie será capaz de pensar otra cosa. Yo mismo lo haría si no estuviera en medio del asunto. ¿Os dais cuenta de lo comprometidos que estamos?

—No hay para tanto. A fin de cuentas, ¿por qué tanto revuelo por un juguete mecánico que sólo sirve para entretener a bobos y mirones?

—¿Lo habéis registrado todo bien?

—¡No sé cuántas veces! Y nada. Se lo han llevado todo, hasta la pieza escondida. Un paseo, vamos —añadió amargamente.

—Vamos a mirar nosotros. Nunca está de más.

La iniciativa de los recién llegados no dio tampoco ningún resultado, más que el de confirmar que los objetos sustraídos faltaban.

Después, dedicaron los cuatro un largo tiempo a la búsqueda de una posible trampilla o acceso a cualquier cámara oculta o pasadizo que hubiese quedado inadvertido hasta entonces. Quedó demostrado una vez más que el edificio no poseía ninguno de esos elementos.

Examinaron después la grava del callejón en busca de

rodadas delatoras. No había más que las dejadas por el vehículo de camuflaje. También observaron una profusión de pisadas que, sin embargo, nada probaban. Las habían producido ellos mismos en sus relevos e idas y venidas de aquellos días.

El misterio de lo ocurrido se alzaba como un enigma más allá de la razón.

A SU REGRESO AL TALLER, a primera hora de la tarde, Helvetius se enteró de la catástrofe.

Contra lo que habían esperado los miembros de la policía, reaccionó con un frío y prolongado silencio. Parecía aceptar lo irreparable con resignado fatalismo, como si ya hubiese previsto de antemano que algo inexplicable iba a producirse.

No dirigió reparo ni reproche alguno a los agentes, ni hizo alusión a posibles negligencias o complicidades que les pudieran ser atribuidas. En lugar de ello, les dio las gracias por la dedicación prestada al caso y les deseó, sin asomo de sorna o ironía, mejor suerte en futuras ocasiones.

Daba toda la impresión de que Helvetius, ante la fuerza de los hechos consumados, consideraba que el caso estaba perdido y terminado. Bajo la contenida frialdad de su conducta, parecía adivinarse incluso una cierta sensación de alivio al comprender que todo había llegado a su final.

Y no demostró tampoco ninguna esperanza en una futura resolución del gran misterio de aquella mañana.

3 *Un plan desbaratado*

EN cuanto fue dada la alarma, se establecieron rápidas medidas de vigilancia. Mas, como era de prever, no alcanzaron ningún éxito. Así se lo había advertido Menjoul a Helvetius en la visita que le hizo en la misma tarde del 9 de septiembre:

—Nos hemos quedado a oscuras por el momento, hay que reconocerlo. Perdida la posibilidad de seguirlos de cerca, las perspectivas para dar con ellos son muy escasas. El control de vías terrestres y fluviales está aún en fase muy incipiente. La misma constitución de una fuerza policial eficaz y operativa también lo está. No disponemos de los recursos necesarios para reaccionar ante una eventualidad como ésta. Nuestros adversarios disfrutan ahora de casi todas las ventajas. De todos modos, se procurará inspeccionar todos los bagajes y bultos que resulten sospechosos, especialmente en los puestos de frontera con los Países Bajos.

—Debíamos haber tenido el autómata en un lugar secreto e inaccesible que quedara fuera de su alcance —dijo Helvetius, como reprochándose no haber tenido la idea antes.

—Sí, ahora resulta evidente. Pero ¿quién iba a pensar que estando la figura bajo la directa custodia de tres hombres armados podría sernos arrebatada?

—Parecía, y parece, imposible, tanto antes como después del robo. Ellos son los primeros en asegurarlo.

—Acerca de esos agentes no existen muchas dudas. Sus superiores los consideran dignos de confianza. Son veteranos del ejército, curtidos en las campañas napoleónicas. Su nuevo trabajo policial lo es todo para ellos. No parece lógico pensar en desgana ni, menos aún, en connivencia culpable con los asaltantes. De todas formas, se les tendrá por algún tiempo bajo vigilancia por si algo en su conducta resultara revelador.

—No creo que ellos hayan tenido nada que ver con el robo. Considero que han dicho la verdad, aunque estaban muy incómodos porque temían que nadie iba a creerlos.

—Dígame, Helvetius —dijo de pronto el juez con aire de haber tenido una súbita inspiración—, ¿puede el autómata ser desmontado con rapidez en partes menores, como la figura de cera?

—No. También me lo preguntaron los agentes. Para reducirlo a piezas más manejables se necesitarían muchas horas de trabajo, una técnica depurada y, sobre todo, un conocimiento minucioso de los ensambles. Es decir, sólo yo podría hacerlo sin correr el riesgo de dañar gravemente los engranajes y resortes internos.

—¿Sus dos ayudantes podrían también?

—Con mucha más dificultad. Ellos saben cómo funciona todo, pero hay detalles importantes del montaje que han corrido sólo de mi cuenta. Además, insisto, nadie podría hacerlo en menos de seis o siete horas.

—No estoy pensando en que lo hayan hecho aquí, sino después, para camuflar mejor la figura en varias expediciones que por su menor tamaño no llamen la atención ni sean relacionadas con el autómata desaparecido.

—Si lo hacen, se exponen a destrozar los mecanismos y a encontrarse luego con que es imposible recomponerlos.

El magistrado se quedó pensativo, suspiró profundamente y dijo:

—Nuestros enemigos poseen una habilidad endemoniada. Es forzoso rendirse a la evidencia.

—Han necesitado algo más que habilidad para hacer lo que hicieron —replicó Helvetius.

—Sí, claro, era una forma de hablar —dijo Menjoul—. Pero ¿lo ha dicho usted por algo? ¿Tiene alguna idea, Hans?

—La verdad es que ninguna. Estoy vacío de ideas. Me

he pasado estos meses, hasta hoy mismo, tratando de adivinar para qué querían en realidad el autómata. Mi imaginación está agotada. No me queda ánimo para pensar cómo han podido llevárselo. Interiormente creo que he renunciado a saberlo. Me es casi indiferente el *cómo* si ni siquiera puedo vislumbrar el *para qué*. Por lo que a mí se refiere, esta extraña historia ha llegado a su término.

Menjoul comprendía y, en parte, compartía el desánimo del automatista. Pero quiso mostrarse razonable y alentador:

—Quién sabe. En ocasiones, cuando nos disponemos a cerrar un caso por no verle solución posible, surge de pronto una nueva pista, un nuevo dato, que permite estrechar el cerco en torno a los culpables. En nuestro asunto, confío mucho en la actividad de las autoridades de Bruselas. Les pediremos que ahonden en todo rastro que exista de la mujer del rostro quemado. Ahora ya hay base suficiente para una solicitud internacional de investigación, y voy a cursarla.

—Me temo que sea demasiado tarde.

—No lo crea. Si en Bruselas o sus alrededores vive una mujer con una lesión tan inconfundible, tarde o temprano darán con ella. Ahora ya no es necesario actuar con prudencia para no alertar a los conspiradores. El tiempo dirá si mi confianza está justificada —concluyó, para adoptar un tono distinto al decir—: Y bien, ahora que ha quedado usted libre de cuidados, ¿cómo se propone ocupar los próximos días?

—Ni siquiera lo he pensado. Lo más probable es que no haga nada en concreto hasta pasado un tiempo.

—No se quede aquí enclaustrado, Helvetius. Bastante lo ha estado ya. Necesita un cambio de aires.

—Sí, seguramente me lo concederé.

—Y cuanto antes, mejor. Sólo he de rogarle que nos comunique las señas de cualquier lugar adonde vaya. Podemos necesitarlo en alguna diligencia. Lo queramos o no, usted es el principal perjudicado del caso y su concurso puede resultar indispensable.

—Lo tendré en cuenta —aseguró el automatista, tomando una gran carpeta que estaba sobre uno de los bancos del taller. La abrió ante Menjoul y dijo—: Quisiera entregarle esto. No sé si tendrá utilidad. Aquí están casi todos los bocetos y dibujos que hice de la mujer de cera. Algunos son estudios del rostro, de frente y de perfil, muy detallados.

—En efecto, dan una visión exacta de las facciones —afirmó el juez al examinar las láminas.

—Prefiero que estén en poder de la policía por si se tiene que hacer alguna... digamos identificación.

Menjoul oyó aquello con extrañeza y dijo:

—Ya, pero el autómata sería inconfundible de todas maneras. No puede haber otro que se le asemeje, supongo.

—No me refiero a la identificación de la figura, sino a la de la mujer viva que fue el posible modelo. Me he preguntado a veces cómo pudieron hacer un rostro de cera tan perfecto si ella tenía los tejidos faciales en tan mal estado. Ni el más genial modelista puede adivinar lo que ha quedado destruido.

—Sí, yo mismo me lo había preguntado. Pudieron haberlo hecho a partir de algún retrato pintado con anterioridad.

—Pudieron, pero la duda subsiste. A cada día que pasa, más me convenzo de que usted estaba en lo cierto al pensar que la visita de la mujer quemada fue un engaño. Creo que acabaré por darle la razón.

—Sólo los hechos dan o quitan razones, Helvetius.

EL AUTOMATISTA VAGABUNDEÓ POR PARÍS en los días siguientes. Frecuentaba en especial los lugares de unión entre el Sena y la ciudad y encontraba una efímera paz en los solitarios muelles, en el refugio de las riberas arboladas y a la sombra de los puentes más antiguos.

Contemplar el lento paso de las barcazas por el río lo confortaba íntimamente, acaso porque era una imagen relacionada con el deseo secreto que estaba incubando: abandonar París, tal vez para siempre.

Pero distaba aún de ser una decisión bien madurada. Muchos inconvenientes lo separaban de poder adoptarla. En primer lugar, lo que había dicho Menjoul: tenía que estar a disposición de la judicatura por si se producía una noticia impensada. Por otra parte, el traslado del taller a otra ciudad presentaba inconvenientes que no podían olvidarse. Entre ellos, le dolía prescindir de Georges y Jean y dejarlos sin su trabajo. Le constaba que podrían encontrar otras ocupaciones con facilidad, pero iban a ser menos dignas de su categoría profesional.

Por la noche, Helvetius maldormía en su habitación de los altos del taller, en la estricta soledad de aquel apartado lugar que, de pronto, parecía haber sido olvidado por todos y situado lejos de toda nueva inquietud o avatar.

No obstante, el espíritu de Hans Helvetius no estaba acorde con la calma que lo envolvía. Día a día aumentaba en él la sensación de hallarse al borde de un abismo invisible que lo llamaba cada vez más.

4 *Pálidos indicios*

A primeras horas de la mañana del 26 de septiembre, más de quince días después de la desaparición del autómata, un coche de alquiler llegó al taller de Hans Helvetius. Del interior descendió el curioso hombrecillo que Menjoul tenía como secretario.

El automatista se disponía a emprender en aquel momento una de sus errabundas caminatas por la ciudad. Vio que Barrès enarbolaba un pliego enrollado. Intuyó que se había producido alguna noticia. Tras un breve y deferente saludo, el secretario judicial dijo alegremente:

—Estoy aquí por orden del señor magistrado. Él no podía desplazarse esta mañana y prefirió que usted fuese informado enseguida. ¡Hay novedades! Con su permiso, voy a leerle la misiva que le dirige.

Pasaron al primer taller y allí mismo, en pie, Barrès dio lectura al escrito con su voz gorjeante:

> *Nos informan las autoridades de Bruselas de que tres o cuatro días después de su llegada a aquella ciudad, la dama del velo negro, u otra de idéntica descripción, utilizó de nuevo el servicio de posta Bruselas-París, esta vez en dirección a nuestra capital. No disponemos aún de testigos que nos confirmen si llegó hasta aquí, pero los estamos buscando entre los postillones y cocheros.*
>
> *Por otra parte, ya estamos en condiciones de afirmar que el tal Julien Barois no es abogado ni nada parecido. Se trata sin duda, bajo nombre falso, de un individuo reclamado por la policía de Londres. La descripción y demás características corresponden exac-*

tamente. Se le busca por su participación en fraudes y engaños de importancia, así como por un sinfín de abusos de confianza de carácter delictivo. Solía operar en Londres en compañía de un sujeto que muy bien podría ser el que lo secundaba en las visitas que le hizo a usted.

No se le conoce aún historial en Francia, pero sin duda ahora actúa entre nosotros porque Gran Bretaña se ha convertido en un lugar muy peligroso para él. He cursado orden de detención inmediata en cuanto sea localizado. Su especialidad lo lleva a moverse en grandes urbes. París es un campo de acción muy idóneo para un sujeto de estas características.

Mi estimado Helvetius, saque usted sus propias conclusiones. Pero aquí van las mías: es más que probable que tengamos al enemigo cerca, muy cerca. Hemos estado pensando que se ocultaba en Bruselas o en alguna otra ciudad extranjera. Puede resultar finalmente que tenga su guarida en el mismo París o sus cercanías.

Apostaría, aunque no tengo por costumbre hacerlo, que la distancia que lo separa a usted de su último autómata no excede de unos cuantos kilómetros. Tal vez, si no existieran paredes o éstas fuesen trasparentes, podría verlo en alguno de sus paseos por la ciudad.

La investigación cuenta ahora con nuevas e interesantes perspectivas. No basta aún para garantizar el éxito final, pero estamos bien encaminados.

Se impone, eso sí, actuar con rapidez para impedir que esos individuos levanten el vuelo, lo que seguramente se proponen hacer a corto plazo. Le garantizo que, en todo lo que de mí dependa, las diligencias se multiplicarán.

Espere nuevas noticias, muy pronto acaso.

Magistrado Antoine Menjoul

Acabada su lectura, el diminuto y enclenque personaje se quedó mirando al automatista con una sonrisa de complicidad y, entusiasmado, le dijo:

—¿Ve usted, señor maestro Helvetius? Los malhechores están al alcance del brazo de la justicia. Pronto le será devuelto ese autómata del que tantas maravillas me han contado.

Mucho menos optimista, repuso su interlocutor:

—Me conformaría con saber quién lo tiene y qué hace con él. Si esa gente está en París, irá con mucha más cautela y será más difícil sorprenderlos que si se encontraran lejos, confiados en estar a salvo de toda investigación.

—Depende, depende... —discrepó afablemente Barrès con aires de hombre versado en aquella clase de situaciones—. Y siempre es mejor tener a los criminales cerca. Las distancias debilitan la fuerza de la ley.

El cochero que aguardaba a Barrès golpeó en los sucios cristales dando vivas muestras de impaciencia. No podía esperar más porque había comprometido otro servicio para más tarde.

—Tengo que regresar al despacho, señor maestro Helvetius. Otros asuntos me esperan —dijo el secretario con resignación, aunque dejando traslucir que le encantaba verse abrumado por un trabajo ingente—. ¿Puedo llevarle a algún sitio que esté de camino a los tribunales?

—Sí, iré con usted, muchas gracias. Hasta la calle Saint Jacques. Tengo allí un autómata en exhibición. Hace demasiado tiempo que no he ido a echarle una ojeada.

—¡Oh, fabuloso, extraordinario! —alabó Barrès, bajando las cortinillas del carruaje para evitar la entrada del polvo que las ruedas levantaban al ponerse en marcha—. He ido ya tres veces a admirarlo. Y pienso volver. Parece vivo de verdad. ¡Y qué mirada! Sobrecoge. Dirías que va a influir en tu voluntad. En las horas de exhibición siempre hay largas colas de gente esperando.

El cochero, dominado por la prisa, fustigaba en exceso a los caballos. El vehículo se bamboleaba de modo alarmante.

—¡Este hombre nos va a matar! —rezongó el secretario, para retomar luego el hilo de sus palabras—: Tengo entendido que, aunque parezca inverosímil, el autómata robado es aún más extraordinario y magnético que el otro.

—Se trata de figuras de estilo muy distinto. No pueden ser comparados —dijo Helvetius sin entrar en más consideraciones.

PIERRE GRASSET NO SE ENCONTRABA en su galería de atracciones mecánicas. Helvetius se felicitó por ello. Se evitaba la acogida halagadora y empalagosa que el empresario siempre le dispensaba. La visita podría tener carácter anónimo, ya que, a petición del automatista, Grasset no lo había presentado a sus empleados.

Como El Gran Magnetizador sólo se ponía en funcionamiento por las tardes, no había colas ni aglomeraciones a aquella hora matinal. Sólo unos cuantos curiosos deambulaban por el local. Algunos se entretenían contemplando las evoluciones de los pájaros mecánicos situados en el interior de ornamentadas jaulas, otros pagaban por ver en funcionamiento los bustos animados, los pequeños equilibristas, los «cuadros vivientes» o los diminutos personajes animados de unas tabaqueras de lujo.

Helvetius se dirigió enseguida a la cámara reservada a su autómata.

Las puertas estaban abiertas, pero una cadena impedía la entrada. El Gran Magnetizador, inmóvil y majestuoso, tenía todo el aire de un personaje dotado de misteriosos poderes. La iluminación provenía de unos candeleros situados en los muros. Contribuían a aumentar su aspecto imponente y dominador.

Junto a la figura, en un caballete, un cartel informaba:

EL GRAN MAGNETIZADOR

Sensacional autómata hipnótico
del supremo artífice Hans Helvetius.

En exhibición exclusiva en este Salón,
todos los días, de 6 a 9 tarde, excepto lunes.

¡¡¡SOMÉTASE AL PODER DE SU MIRADA!!!

Un empleado de Grasset vigilaba la figura desde un lateral de la cámara. Se hizo visible a Helvetius y, amablemente, le dijo:

—Señor, si lo desea, puede adquirir ahora su entrada para ver El Gran Magnetizador en movimiento. Está todo vendido hasta el fin de octubre, pero puedo darle algo para el dos o el tres de noviembre. ¿Vendrá usted solo o con otras personas? Se permite la entrada a los niños si no son muy pequeños.

—No, gracias. Estoy de paso en la ciudad.

—Como prefiera, señor. En el salón principal tiene usted otros alicientes. Está la rueca automática, la pitonisa de cristal que admite preguntas por escrito, el pequeño clavecín que toca solo...

—Lo sé, gracias —lo interrumpió Helvetius—. He estado aquí otras veces. Si me permite, miraré un poco más esta figura.

—Desde luego, señor. Está en su casa —dijo el empleado, volviendo a desaparecer de su mirada.

Al sentirse de nuevo a solas ante el penúltimo de los autómatas que había construido, tuvo una impresión extraña. Le parecía que la figura nacida de sus manos le ocultaba un mensaje importante.

Él bien sabía que tal cosa era imposible, mas no por ello disminuyó la incómoda sugestión. Hasta pensó que, sin que nadie pusiera en marcha sus mecanismos, el autómata cobraría vida ante sus ojos, revelándole algo inesperado. Era una sensación muy inquietante. A pesar de sus esfuerzos, no fue capaz de sobreponerse. Fue tanto el malestar que llegó a sentir, que optó por salir del local.

Descendió por la calle Saint Jacques hacia el Sena, ajeno a la populosa agitación del ambiente. No recordaba en toda su vida una pérdida de sensatez como la que había sufrido momentos antes. Estaba más allá de su comprensión, no sabía a qué atribuirla.

Caminaba ensimismado en sus pensamientos. Volvió entonces a su memoria la figura robada. Él, Hans Helvetius, y no la policía, había sido el burlado, la persona de quien los conjurados habían logrado servirse para cumplir sus designios.

Pero no era su amor propio el que más sufría por ello. Su ansiedad nacía del temor de haber brindado un perfecto instrumento para que alguien fuese víctima de una sórdida conspiración criminal.

Y eso, si alguna vez se revelaba como cierto, no podría perdonárselo jamás.

5 *Las conclusiones del doctor Maillard*

LOS hechos del 9 de septiembre no habían sido aireados. La policía estaba muy interesada en evitar que llegase a conocimiento público el severo ridículo en que la habían dejado los ladrones.

Sin embargo, de puertas adentro, lo ocurrido planeaba como una obsesión. Los comentarios internos eran constantes. A veces se convertían en encendidas discusiones. Los más fríos analistas consideraban que la sustracción del autómata sólo podía haberse ejecutado alterando las leyes del tiempo y del espacio. De otro modo, afirmaban, no hubiese sido posible llevarla a cabo.

A pesar de tales razonamientos, los investigadores policiales sabían que ningún delincuente, ni el más hábil del mundo, era capaz de semejante milagro. Por tanto, tenía que haber una explicación satisfactoria dentro de las leyes naturales.

Pero nadie era capaz de encontrarla. Nadie, hasta que el caso llegó a oídos del petulante Henri Maillard, catedrático de Medicina Legal de la Facultad de Medicina de París y, en ocasiones, forense consultor de los tribunales.

HELVETIUS FUE CONVOCADO A TODA PRISA a una reunión que iba a celebrarse en la sede de la magistratura de lo criminal.

El número de los asistentes era escaso, como advirtió el automatista al entrar. Presidía, aunque de manera informal, el juez Menjoul, quien le presentó a las otras dos personas que aguardaban.

Eran, por una parte, Jacques Mahot, superintendente

de la policía de París, hombre alto y delgado, de aspecto enérgico, y el obeso y autocomplacido doctor Maillard. Este último era quien había promovido la reunión. Dio comienzo enseguida a su bien estudiada perorata dirigiéndose a Helvetius:

—Me complace mucho que esté usted con nosotros, como yo le había sugerido a mi buen amigo el magistrado Menjoul: usted es el primer interesado en este caso —reconoció, para continuar, con cierto tono de reproche a los otros dos—: Tuve conocimiento del enigmático robo de la mujer autómata de manera casual, ya que no se me consultó oficialmente.

Menjoul intervino sin dilación:

—Se habría hecho más tarde o más temprano. Aún no creíamos llegado el momento. Todavía hay mucha confusión: móviles, circunstancias, autores.

Mahot se removió en su asiento. Conocía hasta la saciedad el vanidoso modo de ser del catedrático. Solía rehuir las consultas de la policía si no veía en ellas una clara posibilidad de lucimiento. En ciertas ocasiones se ofrecía espontáneamente como consultor: eso significaba que había estudiado el caso previamente y se sabía en posesión de conclusiones decisivas o espectaculares.

—Este debate se celebra a iniciativa mía —dijo Maillard, mirando de nuevo a Hans Helvetius—. Me dije que era preciso salvar la dignidad de nuestra policía y darle a usted una nueva visión de los hechos. En estos días he oído barbaridades como que «los ladrones alteraron el tiempo y el espacio». Es penoso que afirmaciones de este calibre salgan de la boca de los investigadores. Me di cuenta de que andaban totalmente desorientados. Así que tomé cartas en el asunto con la intención de brindar ayuda.

Menjoul y Mahot encajaron con resignación aquel preámbulo. Sabían que el catedrático tenía buen olfato detectivesco. En ocasiones había contribuido a desentrañar casos realmente difíciles. Podía merecer la pena aguantar sus fanfarronadas una vez más.

—Pero no se puede negar que, a veces, una idea descabellada puede ayudarnos a encontrar el camino de la verdad, como así ha sido en este caso.

—¿Sugiere que los asaltantes sí lograron alterar el tiempo y el espacio? —preguntó Mahot con soterrada ironía.

—No necesitaron alterar el espacio, querido superintendente, sino sólo el tiempo —afirmó Maillard, sonriendo de modo significativo.

—¿Puede aclararnos esa distinción, doctor? —dijo Menjoul, adoptando resignadamente el papel de comparsa que el catedrático esperaba siempre de sus interlocutores.

Fingiendo no haber oído lo anterior, Maillard prosiguió:

—Y no el tiempo universal, claro, y ni siquiera el tiempo en Francia o en la ciudad de París. No, eso no habría sido posible. Tan sólo alteraron el tiempo en unos espacios físicos muy reducidos.

—Le ruego que sea más explícito —lo instó Mahot, que tenía el don de la paciencia menos desarrollado que el juez—. ¿Cuáles son esos espacios físicos? ¿Las salas donde estaban los objetos robados?

—No, estimado Mahot, seamos consecuentes: si el tiempo no varía en París, no lo hace tampoco en ninguno de sus edificios.

—¿Dónde, pues?

—Muy sencillo —aseveró el catedrático, que estaba disfrutando de lo lindo con el alarde de sus capacidades intelectivas—: en el cerebro de los hombres que estaban de guardia. Es bien sabido que nuestra noción del paso del tiempo varía según las circunstancias. Si esperamos algo con ansiedad, se nos eterniza. Los momentos de bienestar intenso, por contra, nos resultan fugaces.

Menjoul sabía que tras aquellas obviedades, Maillard daría el golpe de gracia. Solía complacerse en presentar morosamente sus dictámenes para tener en vilo a quienes le escuchaban. Una introducción elíptica y desconcertante daba paso siempre a una revelación brillante y tal vez valiosa. Por ello merecía la pena someterse a las premiosidades del catedrático.

—O también, por poner otro ejemplo —proseguía Maillard, cada vez más a sus anchas—, cuando una persona duerme, su percepción del paso del tiempo es completamente distinta a cuando esa misma persona está despierta.

El superintendente, creyéndolo errado, quiso atajarlo:

—No pretenderá usted decir que los agentes destacados en el lugar de los hechos estaban dormidos cuando llegaron los asaltantes.

—Nunca he pensado tal cosa —dijo el catedrático, como rechazando un disparate.

—Ni que fueron narcotizados por los delincuentes —insistió Mahot—. Eso se consideró inicialmente, pero fue descartado enseguida. Los agresores no pudieron hacerlo. Imposible.

—Desde luego que lo fue —corroboró Maillard, con el aire de quien se toma la molestia de mostrarse de acuerdo con algo que es evidente—. Nada de bebedizos, pociones, raíces o vapores aletargantes. No había opción a reducir a los vigilantes por ninguno de esos medios.

Intervino entonces Menjoul, para empujar al catedrático hacia la revelación que les tenía preparada:

—¿Cuál fue, pues, el medio empleado para alterar la noción del tiempo en los agentes?

—Uno más insólito y escabroso. Y me temo que fue el propio señor Helvetius quien les dio la idea. Sin querer, naturalmente.

De haber podido hacerlo, Mahot habría zarandeado a Maillard por los hombros para hacerle decir de una vez por todas lo que se estaba guardando. En lugar de ello, se conformó con apremiarle:

—Díganos ya adónde quiere usted ir a parar, se lo ruego.

—¿No es cierto que el señor Helvetius tiene en exhibición en esta ciudad un cierto autómata al que llaman El Gran Magnetizador? Confieso que no lo he visto —le dijo al automatista—, pero iré en cuanto pueda. Dicen que es muy... convincente. Pero sigamos. ¿No es verdad también que la exhibición pública de esa figura dio comienzo unos días antes de la primera visita del impostor Julien Barois, o como quiera que se llame?

Menjoul y el superintendente empezaban a comprender. Helvetius ya lo había hecho momentos antes.

—Una persona sometida a magnetización o hipnosis, como prefieran denominarlo —prosiguió el doctor Maillard, pletórico—, puede no recordar en absoluto lo ocurrido durante un cierto período de tiempo. Es más, puede creer luego que ese tiempo ni siquiera ha transcurrido. Pues bien, teniendo a los agentes bajo tales condiciones, los ladrones pudieron actuar sin impedimentos.

—Pero, para reducir a los tres hombres de guardia a estado hipnótico, hubiese sido necesaria la intervención de un magnetizador muy poderoso —dijo Mahot.

—Ciertamente. Ha de tratarse de una persona con poderes muy desarrollados y, por tanto, huelga decirlo, muy peligrosos.

—Pero ¿existen personas así? —preguntó el magistrado.

—Pueden existir. Los magnetizadores corrientes nunca podrían anular a la vez a tres hombres que estuviesen en estado de alerta. Pero un hipnotizador excepcional sí. Claro es que personas con tal capacidad habrá muy pocas en el mundo. Pero yo sostengo que en este caso nos enfrentamos a una de ellas. Sería del mayor interés apresar a ese sujeto. Si continúa poniendo sus extraordinarias facultades al servicio del crimen, puede causar estragos irreparables.

—¿Maestro Helvetius? —dijo Mahot volviéndose hacia el silencioso automatista.

—Construí El Gran Magnetizador porque me pareció una caracterización que está cobrando actualidad y suscita interés en mayor medida que un mago convencional. En mi oficio uno siempre busca lo que puede ayudar al impacto de las figuras.

—Sí, es comprensible —dijo Maillard con tono de indulgencia, y añadió—: Aunque ciertas cosas hay que pensárselas dos veces. Sufrimos una epidemia de magnetizadores charlatanes e impostores. No es conveniente contribuir a su popularidad.

—Reconozco que ayer, en una visita al local donde está esa figura, intuí que había algo en ella que estaba relacionado con el robo del otro autómata. Pero sólo al oírle a usted me he dado cuenta de cuál era el mudo aviso que El Gran Magnetizador parecía dirigirme. Si contribuí a darles la idea a los asaltantes, lo lamento de verdad.

—Siempre he defendido —reanudó su intervención el catedrático— que habría que tener bajo control a todos esos saltimbanquis de feria que se valen de recursos magnéticos para causar sensación en sus actuaciones. Son irresponsables que juegan con fuerzas desconocidas. Si nosotros los científicos todavía estamos en gran parte a oscuras con respecto a ellas, ¿cómo no han de estarlo esos individuos, meros prestidigitadores y gente de farándula? Hace algún tiempo pronostiqué que de entre esa canalla podía surgir algún individuo peligroso —recordó, para añadir con mal disimulada satisfacción—: Observo con disgusto que los hechos me están dando la razón.

—Seamos prácticos —pidió Mahot—. ¿Qué aconseja usted?

—Investigar sin pérdida de tiempo entre esos comediantes a fin de encontrar el rastro del hombre que estamos buscando. Su detención es cosa urgente, como está demostrándose. En cualquier momento puede actuar de nuevo.

Helvetius intervino otra vez. Su semblante dejaba ver una gran preocupación:

—¿Qué papel opina usted que va a jugar la mujer autómata en manos de esa gente?

El orondo rostro del doctor Maillard no pudo ocultar el desagrado que le causaba verse enfrentado a una pregunta para la que carecía de respuesta. Enseguida se esforzó en alejarla para que no empañara la brillantez de sus anteriores conclusiones:

—Todo a su tiempo, maestro Helvetius. Comprendo la inquietud que siente por su valiosa criatura mecánica, pero hay que avanzar paso a paso. Confiemos ahora en la eficiencia del cuerpo de policía. Al final, todo quedará aclarado.

—No esperaba una respuesta definitiva. Sólo las conjeturas que usted se haya formado sobre la cuestión.

—Huyamos de conjeturas imprecisas, Helvetius. No harían más que extraviarnos —replicó el doctor Maillard para zafarse del compromiso—. Nada puede reemplazar a los razonamientos deductivos sólidos. Ellos nos llevarán al esclarecimiento del caso —aseguró, y dirigiéndose enfáticamente a Mahot y Menjoul, sentenció—: Su turno, señores. Consigan identificar a nuestro peligroso magnetizador y el caso estará cerrado.

6 *La inesperada utilidad de un retrato*

LA reunión promovida por el doctor Maillard había ensombrecido aún más el ánimo de Hans Helvetius. De haber estado en sus manos el poder hacerlo, habría destruido a distancia a la mujer autómata, sin importarle que se perdiera para siempre. Lamentaba profundamente haberla construido. Se reprochaba la ceguera con que había tomado la decisión.

A la caída de la tarde, al llegar cerca del taller, divisó a lo lejos a una mujer que parecía estar aguardando en las proximidades del callejón. No podía reconocerla a aquella distancia, pero dedujo que lo estaba esperando a él. Apresuró el paso.

No tardó en identificarla. Sólo la había visto dos o tres veces, pero bastaba. Era Martine, la mujer de Jean. Lo alarmó su presencia allí a aquella hora. Temiendo que hubiera acudido para comunicarle una desgracia, echó a correr hacia ella.

—¡La he visto, maestro Helvetius, la he visto! —gritó Martine tan pronto como comprendió que su voz le llegaría al automatista.

—¿A quién ha visto? —inquirió Helvetius, aún corriendo y preguntándoselo todavía con más intensidad en su interior.

—¡A ella! —proclamó la mujer mostrando el retrato que había estado enrollado entre sus manos.

Era uno de los dibujos que había hecho Helvetius de la cabeza de la figura de cera. Se lo había regalado a Jean, y otro tanto había hecho con Georges. Los demás estaban en poder de la policía.

—¡Estoy segura! —insistía Martine para sacar al automatista de su perplejidad—. Fue sólo un momento, pero me bastó. A mí no se me olvida una cara, aunque sólo la haya visto dibujada. Y menos ésta, que tantos problemas ha causado.

Momentos más tarde, en el taller, Helvetius le rogó que se explicara. Ella se esforzó en ofrecerle su relato del modo más claro posible:

—No sé si usted sabía que desde que acabó la guerra trabajo en el Hospital de la Misericordia.

—Sí, Jean me lo había dicho. Siga, por favor.

—Estoy de cocinera, pero, como falta personal, a veces ayudo en otras cosas. Hoy al mediodía estaba yo en la sala de los lunáticos preparando unas camas y la he visto.

—¿Está allí internada? —preguntó Helvetius con el mayor asombro.

—No, ni mucho menos. Allí sólo hay gente muy pobre. Vino a visitar a una enferma, una mujer muy mayor que está muchas veces llorando en silencio sin que nada la consuele ni la calme. Ella, la dama del retrato, vestida de un modo muy severo, pero con ropa cara, entró en la sala y se fue derecha a verla.

—¿La reconoció usted al momento?

—No, aún no podía. Llevaba la cara tapada con un velo oscuro.

—¿Qué sucedió a continuación? —la apremió Helvetius, dominado por el ansia de conocer lo restante.

—Marie, la mujer mayor, demostró mucha alegría al verla, cosa rara en ella, y la tomó enseguida por las manos, aunque la otra las llevaba enguantadas. Así estuvieron un rato. Pero no hablaban, ni una palabra. Luego, por señas, Marie le pidió a la dama que se levantara el velo de la cara. A mí ya me había extrañado que lo tuviera bajado todo el rato, pero más me llamó la atención al darme cuenta que la visitante no quería subírselo. Marie se lo pidió varias veces, pero la señora del velo, como si nada. Eso sí, le acariciaba las muñecas a la enferma con mucha dulzura y tranquilidad, como para darle ánimos. Pero Marie no se conformó: se soltó de una mano y le apartó el velo. Yo estaba entonces muy cerca. La vi perfectamente. Era la del retrato.

Helvetius, a pesar de la fría temperatura del taller, estaba casi sudando. Preguntó entonces, como si persiguiera un fantasma:

—¿Pudo reconocerla con el rostro desfigurado?

—De desfigurado, nada. ¿Por qué lo dice?

Sin poder salir de su incredulidad, el automatista insistió:

—¿Estaba como aparece en el dibujo, o con quemaduras en la cara?

—Como en el retrato, sin ninguna quemadura. Muy pálida, eso sí. Su piel era muy blanca.

—Por favor, Martine, ¿está segura de que era esta mujer, totalmente segura?

—Como se lo estoy diciendo. ¡Tan segura tuviera la fortuna!

Helvetius se puso a caminar por el taller, como olvidado de la presencia de la mujer de Jean. Pero ella no había terminado aún y siguió hablándole:

—Cuando su cara quedó al descubierto, ella miró enseguida a su alrededor. Se notaba que no quería que la viese nadie. Yo bajé los ojos y continué con lo que estaba haciendo. Creo que no se dio cuenta de que la había visto con el velo levantado. Cuando volví a mirarla, ya lo tenía bajado otra vez. Y entonces pasó otra cosa muy rara.

—¿Qué fue? —inquirió Helvetius, atento de nuevo.

—Un hombre entró en la sala. Muy alto y delgado, de unos cincuenta y tantos años, malcarado y vestido de negro. Su aspecto no me gustó nada. Casi daba miedo. Parecía furioso. Se fue directo a la dama del velo oscuro y le habló, muy bajo, entre dientes. No pude oírle. Pero estaba claro que le hacía reproches y la amenazaba. Ella escuchaba en silencio, sin defenderse. Luego le dio un doble apretón de manos a Marie y ya no pudo hacer más, porque aquel hombre se la llevó casi a rastras. Yo me fui enseguida tras ellos. No sabía qué hacer, pero no quería dejarlos marchar sin, por lo menos, preguntarle a ella quién era. Sabía que le había causado mucha preocupación a usted.

—¿Pudo hablarle? —quiso saber Helvetius, preso de impaciencia.

—No, por pura mala suerte. Cuando iba a darles alcance, me tropecé con la hermana gobernanta, que es una mujer muy rígida y desagradable, y me preguntó de mala manera adónde iba tan deprisa. Siempre está dando vueltas para ver qué hacemos nosotras. Por no dejarla con la palabra en la boca, quise explicarle lo que había pasado. No entendió nada, pero, recelosa como siempre, insistió en acompañarme a hablar con aquellos señores. Habíamos perdido dos minutos. Los otros ya llegaban al final de las escalinatas. Bajé corriendo. La gobernanta quedó atrás. Cuando llegué fuera, sólo pude ver un carricoche de un caballo que se alejaba rápidamente. Se me habían escapado. Lo siento mucho, maestro Helvetius —concluyó, compungida.

—¿Se dieron cuenta de que usted quería darles alcance?

—No lo creo. Aquel hombre estaba consumido por la prisa desde que entró.

—Bien. Pero no todo se había perdido, ¿verdad? La interna, Marie, estaba arriba —argumentó Helvetius, como aferrándose a una oportunidad aún sólida, la última—. Ella le diría quién es la dama del velo, ¿no fue así?

—No —repuso Martine, contrariada.

—Pero ¿se lo preguntó?

—¡Claro! Fue lo que hice a continuación. Volví enseguida a la sala de las nerviosas. Ella estaba muy bien, feliz. Como si la hubiese visitado un ángel. Se le había quedado una sonrisa en los labios. Entonces, con tacto y buenas maneras, quise preguntarle...

—Abrevie, se lo ruego. ¿No le dijo quién era la del velo?

—No.

—¿Ni el hombre de negro?

—Tampoco.

—¿Está privada del habla, es muda?

—No. Habla muy poco, pero no porque sea muda. Me

dijo que no sabía quién era la señora que había ido a verla.

Helvetius estalló:

—¡No puede ser que no la conozca!

—Yo tampoco me lo creo. Pero no hubo manera, y mire que le insistí. Me repetía siempre que era la primera vez que la había visto en la vida, que era una señora muy buena y que no volvería a verla nunca. Las tres cosas, una y otra vez. Después se me quedó dormida y la dejé. Estaba ya llamando la atención de las monjas enfermeras.

—Dirá que me niego a admitir las cosas, Martine, pero déjeme preguntarle por última vez si sigue estando segura de que la mujer del velo es la del retrato.

—Como hay noche y día. Fue sólo un momento, pero la vi muy bien.

—¿Ha hablado de esto con alguien más, Martine?

—No, maestro Helvetius. Pensé en decírselo a algún policía, pero luego me pareció que lo mejor sería venir aquí.

—Ha hecho bien, muy bien. Se lo agradezco. Por cierto, ¿dónde está su marido?

—En Reims. Pasa estos días con su hermana, la casada.

Helvetius no oyó la respuesta. Paseaba de un lado a otro como un enjaulado. De pronto, se detuvo y le dijo a Martine:

—Quiero hablar cuanto antes con Marie. ¿Podríamos ir ahora mismo?

—Ahora no es conveniente. Es muy tarde ya. No se permiten visitas a estas horas. Tendríamos que dar muchas explicaciones, y aun así...

—Mañana entonces. Lo más pronto posible.

—Yo estaré allí antes de las siete, para preparar los desayunos. Sobre las nueve tendré un rato más tranquilo. Venga a esa hora. Le estaré esperando en el zaguán principal. Ahora perdóneme, tengo que irme. He dejado a los niños solos en casa.

—Sí, vaya, Martine. Bastante tiempo ha perdido por mi causa. Se lo agradezco muchísimo. Mañana estaré allí.

Martine se fue presurosa y Hans Helvetius se quedó a solas con sus nuevas reflexiones. Al fin la gran duda se había despejado: la auténtica modelo de la figura de cera no era la visitante del rostro desfigurado. Y estaba en París, viva, en manos de un hombre inquietante y sin escrúpulos.

Helvetius se estaba convenciendo de que la mujer que Martine había visto en La Misericordia se encontraba en grave peligro. Temía que estuviese aprisionada en una maquinación criminal que acabara por llevarla a la muerte o a la locura.

Volvieron entonces a su memoria, como insidiosa melodía, las palabras del doctor Maillard: «Y me temo que fue el propio señor Helvetius quien les dio la idea».

7 *La apariencia de la muerte*

AL día siguiente, casi a la misma hora en que Helvetius entraba en el recinto del Hospital de la Misericordia, se producía en otro lugar de la ciudad un hecho que iba a cobrar enorme relevancia.

Desde el 14 de la calle Deux Mondes, en un barrio residencial, le era solicitada urgente ayuda al doctor Louis Plon, cuyo consultorio de medicina general estaba situado en el 39 de la misma calle.

Al personarse con toda prontitud en el domicilio donde su presencia era requerida, una acomodada villa construida en los primeros años del imperio, se encontró con una situación alarmante.

Albertine, hija única de la dueña de la casa, la viuda de Romeuf-Lapierre, yacía en su cama con todas las señales de la muerte.

—¡Llevo una eternidad llamándola y no me responde! —informó la desolada madre al doctor Plon al hacer éste su entrada en la alcoba, y sin esperar respuesta del médico, zarandeó convulsivamente a la joven mientras imploraba—: ¡Por el amor de Dios, Albertine, respóndeme! ¡Por lo que más quieras, respóndeme!

Louis Plon empezó enseguida a reconocer a la paciente. Temió haber llegado demasiado tarde. La inmovilidad del cuerpo era total, y estaba muy frío. La cara, impasible y rígida, con palidez muy acusada, no revelaba ni un ápice de consciencia. El médico le levantó los párpados y al retirar la mano quedaron entreabiertos. Los globos oculares permanecían insensibles e inmóviles. Y lo peor: no se constataba pulso ni respiración.

Plon estaba a punto de pronunciar las palabras fatídicas cuando un hecho esperanzador atrajo su atención:

los párpados de la joven se estaban cerrando y, a la vez, una leve contracción reveladora de vida se asomó a su rostro como un destello. Se inclinó de nuevo sobre Albertine y procedió a una auscultación más minuciosa. Buscaba desesperadamente señales que indicaran que aquel corazón latía.

El ir y venir de las dos criadas de la casa y los sollozos de la señora lo privaban del silencio necesario. Lo impuso con toda gravedad diciendo:

—¡Que nadie dé un paso ni se mueva! Quiero silencio absoluto.

Pronto obtuvo evidencias favorables. Había pulso y respiración en aquel cuerpo, pero eran tan tenues que resultaban casi imperceptibles. Enseguida transmitió la buena nueva:

—Cálmese, señora. No ha ocurrido nada irreparable.

—¿Qué le pasa a Albertina, doctor? ¡Se la ve como muerta!

—Lo parece, pero no lo está; tranquilícese. A mi entender, se encuentra en un estado de letargia precataléptica. ¿Le había ocurrido alguna vez algo semejante? Se trata de un fenómeno muy poco común.

—No, nunca le había pasado nada parecido. Doctor, ¿se recuperará? Dígame la verdad, por amarga que sea.

—Si tomamos las debidas precauciones, en cuestión de horas, o en unos pocos días a lo sumo, estará restablecida.

—¡Haga todo lo que sea, sin reparar en medios; se lo suplico, doctor!

—No es mucho lo que se necesitará.

Plon mandó recado a su consultorio por medio de la más joven de las criadas. Mientras esperaba, interrogó a la viuda de Romeuf-Lapierre:

—¿Ha sufrido su hija en las últimas horas algún impacto emocional muy fuerte, algún sobresalto agudo, algo que la asustara intensamente?

—No, doctor, nada, nada en absoluto.

—¿Observó ayer en ella algún signo anormal de preocupación o ansiedad?

—Nada. Ella está siempre triste y melancólica. Es su modo de ser. A veces se niega a levantarse de la cama. Cae en estados de abulia. Pero nunca se excita ni altera, más bien peca de lo contrario.

Todas las respuestas de la madre tuvieron un contenido semejante. A Louis Plon le resultaron algo evasivas, como si la señora quisiera ocultar algo. Lo atribuyó, en principio, al sentimiento de vergüenza que a veces se daba en los familiares de enfermos de aquella índole.

La criada regresó con Blanche, una de las enfermeras de Plon. El médico le detalló todos los cuidados y vigilancias que la muchacha precisaba y anunció su intención de volver a primera hora de la tarde. La enfermera, tras anotarlo todo cuidadosamente, le musitó a Louis Plon:

—Doctor, aquí ha ocurrido algo raro.

—¿Por qué lo cree así, Blanche?

—La criada que vino a avisarme estaba muy impresionada.

—Es normal que lo estuviera.

—Sí, pero, como hablando para sí, le oí decir que cierto hombre alto era el único culpable de lo ocurrido y que deberían darle su merecido.

—¿Dijo algo más?

—Yo le pregunté y estuvo evasiva. Sólo añadió: «Hay cosas que a una le revuelven la sangre». Llegamos entonces aquí y no pude sacarle nada más.

En aquel momento, ambos observaron que la señora de la casa salía apresuradamente de la habitación. Aquello contrastaba con su estricta permanencia junto a la cabecera de su hija en todo el rato anterior.

—Me parece que nos ha oído —dijo Blanche, reprochándose no haber previsto aquella eventualidad.

—Da igual —aseguró el médico—. Si alguien tiene algo que ocultar aquí, no somos nosotros precisamente. Permanezca atenta a cualquier cosa, pero, por encima de todo, siga al pie de la letra mis instrucciones.

—Por supuesto, doctor.

Buscando el vestíbulo, Plon avanzó por un pasillo y

pasó junto a una puerta abierta. Lo que vio a través de ella lo hizo detenerse. La señora Romeuf-Lapierre, de espaldas a él, estaba reprendiendo a la criada joven. La sirvienta mayor presenciaba la escena con cara severa. Fue esta última quien avisó a la señora de la presencia de Plon. Ella se volvió enseguida. La indignación y la furia aún estaban en su semblante. Mudó después su expresión facial y se acercó solícita al médico. Plon le dijo brevemente:

—Por el momento, nada más podemos hacer. Su hija ya no está en peligro. Sin embargo, mi enfermera estará junto a ella todo el día por lo que pueda ocurrir. Por la noche será relevada por otra. Hagan todo lo que ellas indiquen.

—Desde luego, doctor. Y muchísimas gracias.

Cuando Louis Plon salió a la calle, ya tenía decidido qué iba a hacer. Para actuar conforme a su conciencia, daría parte a la policía de los indicios observados.

A AQUELLA MISMA HORA, Hans Helvetius, junto al lecho de Marie, en el Hospital de La Misericordia, ya se había convencido de que no iba a obtener ninguna información de la enferma.

Lo había intentado con diversas estrategias, diciéndole incluso que la dama del velo estaba en grave peligro y que era necesario prevenirla. Nada había dado resultado. Marie se obstinaba en repetir que no sabía quién era. Aún conservaba la placidez que le había originado su visita.

Cuando le hacía alusión al hombre alto vestido de negro se estremecía, pero aseguraba no haberle visto ni tener idea de quién podía ser.

La hermana gobernanta había hecho su aparición al advertir que algo irregular sucedía en torno al lecho de Marie. Ante sus preguntas, Helvetius había optado por eludirlas. Consideraba poco operativo perder más tiempo poniendo a la religiosa al corriente del problema. Vista la inutilidad de la gestión, él y Martine se retiraron. Bajando por la escalinata principal, el automatista le preguntó:

—¿Cuándo acaba su turno?

—No hay una hora fija. Según lo que quede por hacer.

—¿Podría pedir permiso para salir ahora?

—Muy difícil. Somos pocas. Con una menos sería mucho peor. Ya ha visto cómo se ha puesto la gobernanta.

—Comprendo. Le diré lo que voy a hacer. El testimonio de Marie podría ser importantísimo si accediera a hablar. Nosotros no lo conseguiremos ni intentándolo cien veces. Pondré esta situación en conocimiento del superintendente de la policía. Creo que ellos podrán intervenir con mayor eficacia y lograr la colaboración de las autoridades médicas del hospital. Pero será necesaria su declaración. No se asuste si va la policía a su casa. Usted no tiene más que contarles lo mismo que me dijo a mí. Eso será todo.

—Sí, se lo diré. Claro que sí, maestro Helvetius.

Un vigoroso apretón de manos puso fin al encuentro.

LA OPÍPARA COMILONA que el doctor Henri Maillard estaba saboreando en el restaurante L'Auvergne quedó sin terminar. Un emisario oficial compareció ante el catedrático rogándole, en nombre de Jacques Mahot, que lo acompañara inmediatamente para efectuar una intervención pericial como forense.

Al saber que dicha actuación estaba relacionada con el caso del autómata robado, Maillard no puso objeción y, abandonando los suculentos manjares, se dispuso a acompañar con entusiasmo al enviado policial.

Ante la mansión Romeuf-Lapierre aguardaban Mahot y Louis Plon. Se le había dicho a la madre de Albertine que, para mayor seguridad en el diagnóstico, se iba a efectuar una consulta con otros dos doctores, sin revelarle que uno de ellos no iba a ser tal, sino el superintendente de la policía de París.

A la llegada de Maillard en el carruaje que lo trasladó desde el restaurante, los tres hombres conversaron brevemente y entraron en la casa.

La viuda, ya más recelosa que angustiada, los condujo a la alcoba de la joven.

—¿Alguna evolución, Blanche? —preguntó Plon al entrar.

—Todavía nada, doctor.

Maillard efectuó un detenido examen de Albertine, con especial atención a sus inertes rasgos faciales. Después, haciendo caso omiso de la dueña de la casa, se dirigió en voz alta a sus dos acompañantes y anunció:

—Señores, admito que nunca había tenido ocasión de ver un caso como éste con mis propios ojos. Pero tarde o temprano tenía que ocurrir. O mucho me equivoco, o tenemos de nuevo enfrente a nuestro hombre, sólo que esta vez se le ha ido la mano. ¡Y de qué manera! Mi diagnóstico es muerte hipnótica aparente, causada por un magnetizador que está jugando con fuego. Como es de suponer que ese individuo no volverá aquí para sacar a la muchacha de su estado, pues seguramente ni sabría cómo hacerlo, habrá que esperar a que la joven retorne por sí misma; lo que confío ocurra dentro de las próximas veinticuatro o cuarenta y ocho horas. Entretanto, las medidas adoptadas por el doctor Plon me parecen del todo correctas.

—Señora —dijo el superintendente—, necesito comentar con usted ciertos aspectos. Pasemos a otra habitación.

—Si me permite, Mahot —dijo el catedrático—, tengo mucho interés en estar presente en la conversación.

—Se lo ruego, profesor. Y a usted también, doctor Plon.

La viuda Romeuf-Lapierre abrió la marcha. Se la veía muy turbada. Empezaba a intuir que aquella consulta médica había significado la entrada de la policía en el caso. Sabía que una prueba muy dura la esperaba.

7 *Un muro de silencio*

EN las horas siguientes tuvieron lugar interrogatorios considerados de antemano como decisivos.

Por una parte, con la autorización del cuerpo facultativo de La Misericordia, dos forenses armados de paciencia le plantearon a Marie, desde todos los ángulos imaginables, las mismas cuestiones sobre las que Martine y Helvetius le habían preguntado. Desde su apacible lejanía del mundo, la anciana resistió todos los embates. Utilizaba muy bien su pasividad melancólica para desalentar a los interrogadores. Pero no evitó que éstos se marcharan con el convencimiento de que ella sí sabía quiénes eran la dama del velo y el caballero alto vestido de negro.

Los médicos alienistas que atendían a Marie se comprometieron a seguir hablando con ella hasta lograr algún resultado, pero indicaron que podría llevar días la obtención de las respuestas deseadas.

También arrojó un saldo muy escaso el interrogatorio de la viuda de Romeuf-Lapierre. Se mantuvo en su papel de madre conmocionada, al que agregó, de modo defensivo, la simulación de poseer una inteligencia obtusa. Reconoció que Albertine había padecido desde niña melancolías depresivas, pero negó vigorosamente toda posibilidad de que la muchacha hubiese sido visitada por un magnetizador, curandero o taumaturgo. Dijo que el único tratamiento que Albertine recibía era su cariño de madre y el amparo de las comodidades de la casa.

Interrogaron a las criadas por separado. La mayor, de una fidelidad a toda prueba hacia su señora, estuvo hosca y hermética y rechazó cualquier referencia a la visita de un hombre. La más joven, evasiva y muy nerviosa, le quitó importancia a las palabras que Blanche le había oído, atribuyéndolas a lo trastornada que estaba por ver a su joven señora en tan penoso estado. Negó también que un hombre hubiese tenido acceso a la casa.

Tras poner fin de común acuerdo a aquellas conversaciones estériles, Mahot y Maillard, una vez Plon se hubo marchado, intercambiaron opiniones en el interior del vehículo que los aguardaba. El catedrático estimó:

—Estamos a punto de caer sobre ellos o de perderlos para siempre, porque pronto tendrán noticia de estas actuaciones y levantarán el campo a toda prisa.

—Un muro de silencio nos separa de nuestro objetivo. Pero si logramos abrir una brecha en él, se desmoronará por completo. Y está claro cuál es el punto débil por donde tenemos que acometerlo.

—Seguro que estamos pensando en la misma persona —dijo Maillard—. Interróguela en condiciones y se le abrirá totalmente. Está deseando hacerlo.

—Esta misma noche la tendré ante mí en comandancia —aseguró Mahot.

LOS FRACASADOS INTERROGATORIOS y el obstinado silencio de Marie eran la comidilla entre el personal de guardia nocturna en La Misericordia. Uno de los médicos alienistas, recién incorporado al hospital, comentó a sus colegas a raíz de lo que allí se estaba hablando:

—No me hagáis mucho caso, pero ese hombre alto, flaco, malcarado y siniestro me ha devuelto a la memoria a cierto personaje inquietante que merodeaba por la clínica del viejo doctor Renard.

El nombre mencionado avivó el interés de los reunidos en el húmedo cuarto de guardia de la segunda planta.

—Nunca supe quién era ni qué hacía allí. La verdad es que tampoco hice nada por averiguarlo; no tenía motivo, fuera de la curiosidad. Pero su aspecto y sus aires de... cómo decir, sí, de conspirador, me llamaron la atención. Seguro que Renard sabe de quién se trataba, pues nada de lo que ocurría allí quedaba fuera de su control. Vi a ese individuo dos o tres veces. Claro que de eso hace ya más de un año. Y nada asegura que aquel hombre fuese el mismo que estuvo aquí con la misteriosa dama del velo.

—Aunque sólo sea para fastidiar a Renard, daremos parte de esto —decidió otro de los médicos.

Los demás asintieron en silencio.

PASADA LA MEDIANOCHE, Sophie, la criada joven de la mansión Romeuf-Lapierre, se revolvía inquieta en su estrecha cama. Tenía los nervios de punta y se debatía entre impulsos encontrados.

La ventana de su habitación, en la planta baja, daba al jardincillo trasero de la finca. Se extrañó al oír unos impactos contra el cristal, como de gravilla arrojada con fuerza. Quiso acercarse a ver qué los causaba. Estaba tan alterada que cualquier cosa podía sacarla de quicio.

Apenas tuvo ocasión de asomarse. Unas manos fuertes le taparon la boca, al tiempo que una voz le susurraba:

—No tema nada, señorita. Policía. Queremos hablar un momento con usted fuera de la casa.

No le preguntaron qué opinaba. Sophie fue sacada al exterior, cubierta con una manta ligera y llevada en brazos hasta un coche apostado en las cercanías.

No resultó fácil convencer a la asustada muchacha. El ambiente del cuartel general de Jacques Mahot la intimidaba. Por otra parte, el temor a que su señora llegara a enterarse de que había hablado ataba también su lengua.

El superintendente y sus hombres trabajaron aquel aspecto a fondo:

—Entienda lo siguiente, Sophie: si gracias a lo que usted nos va a decir podemos entrar en contacto con otras personas que nos expliquen más cosas, lo dicho por usted quedará atrás y será como si nunca nos hubiese revelado nada. Dénos un primer paso y luego nosotros seguiremos avanzando sin volver atrás. De este modo, la señora nunca sabrá que hemos hablado esta noche y usted podrá estar tranquila.

Al fin, con sutilezas semejantes, vencieron su temor y su resistencia. Entre titubeos y breves sollozos, Sophie fue diciendo todo lo que sabía, que, sin ser mucho, aportó datos de gran interés.

Quedó establecido a través de sus palabras que en los días anteriores Albertine había caído en una fase aguda de sus melancolías depresivas, hasta negarse a tomar todo alimento sólido o líquido, fuera de agua azucarada. A hora muy temprana de la mañana del día de los hechos había comparecido en la mansión un hombre alto y delgado, de unos cincuenta años, vestido de negro y exageradamente embozado en una bufanda, siendo acompañado por la señora a la alcoba de Albertine sin permitir que ninguna de las criadas, recién levantadas, los siguiera. El hombre desconocido había estado en la habitación de la joven por espacio de una media hora y, después, se había marchado rápidamente.

Un rato más tarde, la señora Romeuf-Lapierre había salido lívida y asustada de la habitación de su hija, diciendo: «Algo malo le está pasando a Albertine». Con toda urgencia le había ordenado a Sophie la búsqueda de un coche de alquiler en el que había partido a toda prisa, casi sin arreglarse, sola, para volver pasado un tiempo con expresión desolada. Se adivinaba que no había logrado su propósito, fuese el que fuere. En aquel momento, la señora había ordenado que se diese inmediato aviso al doctor Louis Plon, tras comprobar que el estado de Albertine no mejoraba.

Por otra parte, Sophie declaró que a lo largo de los últimos dos meses Albertine y su madre habían salido juntas una vez por semana, con mucho misterio y sin dar ninguna explicación, y habían permanecido fuera de la casa tardes enteras. Señaló también Sophie que al regreso de esas inusuales salidas Albertine estaba alegre y sonriente, cosa muy rara en ella.

ERAN CASI LAS TRES DE LA MADRUGADA cuando Sophie fue devuelta a su pequeña habitación de la mansión Romeuf-Lapierre. La rapidez y el sigilo de la operación fueron aún mayores que los de su partida unas horas antes. Ninguna otra persona de la casa se apercibió de aquellos movimientos. La declaración de la muchacha en comandancia quedó en secreto para la madre de Albertine y para la otra criada.

9 *La clínica de salud La Aurora*

EN los círculos de los médicos alienistas de París era bien sabido que la clínica privada La Aurora era, ante todo, un formidable negocio que había enriquecido a su propietario y director, el doctor Charles Renard, apodado *El Viejo* por su avanzada edad y su aspecto extremadamente avejentado.

Renard era un vendedor de oropeles y esperanzas para las familias pudientes que tenían algún miembro aquejado por cualquier enfermedad del alma o extravío de la razón. Se jactaba de aplicar en su lujoso establecimiento tratamientos de su invención cuya eficacia no era igualada por ningún otro centro asistencial. Tales tratamientos, sujetos en realidad a nociones anticuadas, eran tan ineficaces como los practicados por sus colegas, pero estaban arropados por un gran aparato de pretenciosa palabrería y suntuosas instalaciones.

El precio del internamiento era desorbitado. Pero el hábil negociante que era Renard había logrado crear la ilusión de que su clínica de salud necesitaba mantener unas tarifas elevadísimas para costear investigaciones que, en realidad, no existían en absoluto, como era evidente para los profesionales.

Nada de ello impedía, sin embargo, que entre las más poderosas familias de Francia fuese costumbre extendida acudir a La Aurora cuando se le declaraba alguna afección mental a uno de sus componentes. No obtenían curación más que en casos muy leves, pero utilizaban un establecimiento sólo al alcance de los poderosos. Y, en todo caso, el confinamiento de los seres queridos caídos en la insania tenía lugar entre mármoles, sedas y habitaciones doradas. La opulencia estaba asegurada.

El doctor Charles Renard perdió su apergaminado aplomo y el dominio de sus rancias maneras aristocráticas cuando Mahot, tras algunos preámbulos, le dio a conocer el motivo de su visita.

—Yo no puedo guardar recuerdo exacto de todas las personas que cruzan el umbral de La Aurora —arguyó Renard, molesto e incómodo—. No tengo una memoria superdotada. Mis virtudes son la constancia y el trabajo.

—La persona a que me refiero se hacía notar por su aspecto poco común.

—¡Hay muchos hombres altos, delgados y de rostro poco agraciado, en París y en todas partes! No me haga reír, superintendente.

—¿Siempre vestidos de negro?

—Bah, un simple detalle que puede variar cada uno de ellos a su antojo. Y dígame, por simple curiosidad, ¿de qué horrible crimen está acusado ese hombre alto y delgado al que ustedes buscan?

—Se le supone complicado en un robo —repuso Mahot, dando adrede el mínimo de datos.

—¿En un robo de qué, si puedo preguntarlo?

—De un autómata.

Renard recibió aquello como una noticia favorable. Incluso se permitió sonreír mientras comentaba con desenfado:

—¡Ah, ya! Uno de esos inútiles juguetes mecánicos que están tan en boga. No sabía que pudieran llegar a tener tanto valor como para ser objeto de robos. ¿Y suponen ustedes que ese fantasmón del que nada recuerdo es quien se ha apoderado del androide?

—Es posible.

—Pues reitero lo dicho. Nada sé yo de ladrones de autómatas. Y no dejo de lamentar que ambos nos veamos incomodados por una cuestión tan intrascendente —sentenció Renard, con su altivez desdeñosa plenamente recuperada y ya acariciando la idea de poner fin a la entrevista.

—La verdadera trascendencia del caso no se conocerá

hasta que las investigaciones lleguen a su término —dijo Mahot, en un tono que excluía toda deferencia hacia el empolvado médico—. Contamos con testigos a toda prueba que están dispuestos a declarar ante un tribunal que el hombre alto gozaba aquí de una cierta libertad de movimientos, lo que implica su consentimiento, doctor Renard.

—Si mi palabra tiene algún valor —dijo el alienista, mostrándose dolido a causa de que sus afirmaciones quedaran en entredicho—, puedo desmentir del modo más rotundo esas presunciones erróneas.

—La verdad es siempre lo más eficaz para desmentir errores —replicó Mahot mirándole fijamente.

El anciano médico estalló:

—¡Sé a quien acudir para no ser molestado en lo sucesivo por minucias que no me conciernen! Todavía tengo amigos a quienes irritará saber que se me acosa sin motivo —remachó, temblando de indignación.

El superintendente consideró llegado ya el momento de esgrimir el argumento más poderoso con que contaba. Lo hizo sin vacilar, aunque aún no estaba seguro de que el hombre de negro visto en La Aurora fuese el mismo de La Misericordia y de la mansión Romeuf-Lapierre.

—Bien, acepto su negativa. Más allá de ella, sólo nos queda una salida. Tendremos que emplearla.

—¿Cuál es? —preguntó Renard, en guardia.

—Efectuar interrogatorios generalizados entre personal, internos, familiares y proveedores de su clínica de salud hasta dar con alguien que pueda dar razón del individuo que buscamos.

Aquello significaba el desastre. Renard lo comprendió enseguida. Sin embargo, Mahot continuó presionando:

—Empezaremos hoy mismo. Cuento ya con la oportuna orden judicial.

—¿Quién la ha extendido?

—El magistrado Antoine Menjoul, juez instructor del caso.

—¿Menjoul, ese advenedizo? Su madre lavó ropa sucia de un hospicio durante casi toda su vida.

Pero aquél fue el último de los desplantes de Charles Renard. Capituló enseguida, aunque no sin antes imponerle algunas condiciones al superintendente. Había advertido que Mahot estaba dominado por el demonio de la prisa y decidió sacar partido de ello.

—Sólo aceptaré comunicar lo que sé al respecto, muy poco a decir verdad, bajo dos contrapartidas irrenunciables. Primera: en consideración a mis años y a los servicios que creo haber prestado a la medicina y a la sociedad, exijo garantías escritas de que en ningún caso mi nombre ni el de La Aurora quedarán vinculados a lo que se derive de mis declaraciones. Segunda: dichas declaraciones tendrán un carácter estrictamente secreto y se harán ante un ilustre notario de mi confianza que garantizará el cumplimiento de las dos contrapartidas.

La propuesta de Renard era totalmente irregular, inaceptable en condiciones normales. Pero, como Maillard había señalado, el riesgo de una fuga de los conspiradores, alertados por las pesquisas e interrogatorios, era cada vez mayor. Mahot estaba haciendo de aquel caso casi una cuestión personal. Quería rehabilitar la dignidad policial puesta en ridículo con el robo del autómata.

Urgido por aquella determinación, aceptó el chantaje de Charles Renard. Unas horas más tarde, en la notaría Besançon, Renard efectuó una declaración, muy medida y calculada, en presencia del notario, del magistrado Menjoul y de Barrès, su esmirriado y digno secretario. La anotación de las palabras de Renard fue establecida así por el eficiente André Barrès:

> *Por lo que pueda representar de ayuda para la legítima acción de la justicia, a la que siempre me he honrado en servir por encima de todo, así como a la ciencia médica, manifiesto que en dos ocasiones, en octubre y noviembre del pasado año de 1820, mi copioso trabajo se vio perturbado por la visita de un individuo, que dijo ser oriundo de Prusia y llamarse Michael Kurtz. El aspecto y vestuario de dicha persona*

non grata *parecen corresponder a la descripción que me ha sido hecha de un sujeto implicado en el robo de un autómata mecánico.*

El propósito de las visitas que me hizo el tal Kurtz fue el formularme diversas preguntas acerca del funcionamiento interno de La Aurora. En ningún momento di respuesta a ellas. Ni siquiera permití que me las formulara una segunda vez a modo de insistencia. En la segunda y última de sus comparecencias ante mí le expresé con toda claridad que si intentaba introducirse una tercera vez en el establecimiento sería expulsado de inmediato como un indeseable.

Ignoro para qué necesitaba las informaciones que pretendía obtener de mí. No obstante, como todo lo relativo al funcionamiento interno de La Aurora tiene carácter confidencial, su propósito era vano. Por fortuna, tomó en cuenta mis amenazas y no le volví a ver más.

Renard hizo a continuación un largo silencio. Menjoul pensó que había concluido. Pero algo lo llevó a intuir que el anciano médico aún no daba el acto por acabado. Esperó, pues, inmóvil, invitando al otro a proseguir.

Poco después, Renard dejó caer sus últimas palabras. Al hacerlo, parecía estar ahuyentando la desgracia de su persona:

Más adelante supe que Kurtz había intentado entrar en contacto con los padres de un muchacho enfermo, antiguo interno en La Aurora. Ellos mismos me lo dijeron. Naturalmente, les desaconsejé todo trato con él, presentándolo como un individuo nada recomendable. Por respeto y obediencia al secreto profesional, no me es posible revelar el nombre de esos señores. El código de honor de La Aurora es inflexible en este aspecto.

Eso es todo lo que, con enorme esfuerzo de memoria, he podido recordar del citado personaje. Desde aquellos días había quedado para mí en el más completo olvido.

Menjoul salió enfurecido del despacho del notario. Renard había arrancado un compromiso de impunidad a cambio de decir sólo una parte de lo que sabía.

El recurso de iniciar una larga ronda de conversaciones con familiares de internos y ex internos de La Aurora era algo muy problemático que consumiría un tiempo que de ningún modo estaban en condiciones de perder.

—Sólo nos queda una vía de actuación inmediata —le comentó Menjoul a su secretario en el recorrido de regreso al edificio de los tribunales—. Si no da fruto pronto, el caso se nos escapará de las manos.

ANTES DE QUE SE CUMPLIERAN las cuarenta y ocho horas pronosticadas por Maillard, Albertine salió de su extrema letargia y recuperó la normalidad vital. No recordaba nada ni tenía noción de lo ocurrido. Hubo que engañarla para que no se diera cuenta de que habían transcurrido casi dos días, lo que podía alarmarla. Se había decidido previamente no hacerle mención del estado por el que había atravesado, dejándolo todo en un simple desvanecimiento de no muy larga duración.

Consolidado el restablecimiento de la joven, el doctor Plon dio el servicio por terminado y sus enfermeras se retiraron de la casa.

Ningún miembro de la policía había vuelto a comparecer en la mansión Romeuf-Lapierre. Todo, en apariencia, volvía a la normalidad.

Pero la madre de Albertine, por cautela, aún esperó otros dos días. No fue hasta el tercero cuando, creyéndose ya a salvo de todo control o vigilancia, abandonó su casa a bordo de un carruaje de alquiler y partió con destino desconocido.

La última opción de Jacques Mahot entraba en juego.

10 *Los dos marqueses de la Vignebleue*

UNA nueva convocatoria, de carácter aún más urgente, volvió a llevar a Hans Helvetius a la sede de los tribunales.

Lo único que ya le preocupaba era la suerte que pudiera haber corrido la mujer a cuya imagen había construido el autómata. En la noche recién terminada, como en otras anteriores, había tenido angustiosas pesadillas. La veía muerta, asesinada, flotando en un lago, llena de luz de luna, con los ojos sin vida abiertos a una noche aciaga.

Temía que la apremiante llamada de Menjoul fuera para comunicarle el hallazgo del cuerpo. Y mientras, pensaba, el autómata estaría ocupando su lugar para dar consumación a un perverso engaño.

En un salón lo esperaban Menjoul, su secretario y dos hombres que no conocía. Helvetius pensó que serían los que habían efectuado el macabro hallazgo y se estremeció.

—¡Ah, por fin! —exclamó el magistrado al verle entrar—. De nuevo va a ser usted pieza importante si accede a lo que tenemos planeado. A pesar de su condición de extranjero, puede ser promovido al marquesado. ¡Marqués de la Vignebleue, un viejo título nobiliario!

Junto al alivio que le causaron la euforia y el buen humor del juez, Helvetius tuvo una gran sorpresa a causa de lo que había oído. Iba a preguntar, cuando Menjoul le presentó a los dos hombres que le eran desconocidos:

—Son los señores Fleurí y Vignal, técnicos de caracterización y maquillaje del teatro Odeón. Pronto sabrá el porqué de su presencia aquí. Pero antes debo ponerle al corriente de los últimos acontecimientos.

Sin decir aún palabra, Helvetius se enteró de los sucesos acaecidos en la mansión Romeuf-Lapierre, de la secuela de los interrogatorios a Marie en forma de conversación nocturna entre los alienistas de La Misericordia y de la sesgada declaración de Charles Renard. Finalmente, Menjoul añadió:

—Gracias al seguimiento de la viuda Romeuf-Lapierre, ya sabemos dónde tiene nuestro hombre su guarida: en Versalles. Es un pequeño palacete, discretamente apartado del núcleo de la población. Se encuentra, desde ayer, bajo estricta vigilancia. Pero él aún no se ha dado cuenta de nada.

—¿Por qué no ha sido detenido ya? —preguntó Helvetius.

—Teniéndolo bajo control nos podemos permitir el lujo de obtener evidencias directas de sus actos.

—¿Son necesarias más evidencias?

—Hasta ahora sólo se le pueden imputar dos hechos: el robo del autómata y la muerte hipnótica aparente causada a Albertine Romeuf-Lapierre. Ambos hechos son graves, pero más aún deben de serlo sus restantes actividades.

Aquella afirmación le devolvió a Helvetius la inquietud que lo había acompañado en los últimos días. Preguntó:

—¿Se sabe algo de la mujer del velo?

—Nada aún, por desgracia. El hombre alto está acompañado por otros individuos en el palacete. Pero no ha sido vista ninguna mujer. En cualquier caso, pronto acabaremos con sus sombrías maniobras, no lo dude. Disponemos de una oportunidad excepcional para introducirnos en el reducto de esa alimaña sin que sospeche nada. Y de entre los hombres con que contamos, usted puede ser el idóneo para llevar a cabo la misión final.

—Dígame qué tengo que hacer —preguntó Helvetius enseguida.

—Ahora mismo se lo comunicaré. Pero sepa antes que ayer, además de la señora Romeuf-Lapierre, que estuvo muy poco tiempo en el palacete, acudieron allí otras personas, hasta un número de diez. Llegaron de dos en dos, en distintos carruajes. En cada caso, una de las dos personas tenía aspecto de padecer alguna insania o afección anímica, mientras que la otra, de porte y aspecto normales, actuaba como acompañante. Toda esa gente permaneció en el interior del edificio por más de una hora. Luego se retiraron en los vehículos que los habían estado esperando. El marqués de la Vignebleue era uno de los visitantes. Es una persona bastante conocida. Fue la única que nuestros agentes pudieron identificar. No disponían de efectivos suficientes como para mantener el cerco en torno al palacete y seguir a los cinco carruajes que se alejaban. Pero no importa. Con el marqués nos bastará.

—¿Estaba allí como paciente o como acompañante?

—Como acompañante. Un joven iba con él: su sobrino, aquejado de apatía crónica.

—¿Se ha pensado en que yo reemplace al marqués?

—Le ofrecemos esa oportunidad. Creo que le corresponde.

—¿Cuándo podré hacerlo?

—Hoy mismo. Uno de nuestros agentes oyó cómo el hombre alto despedía a los visitantes diciendo: «Hasta mañana, a la misma hora».

—¿El marqués está de acuerdo en que se lleve a cabo la suplantación?

—No se enterará hasta que se haya efectuado. No podemos confiar en las personas que tienen relación con ese individuo. Forman un obstinado muro de silencio en torno a él. Si informamos al marqués, corremos el riesgo de que éste encuentre un modo de hacerle llegar un mensaje al magnetizador advirtiéndole del peligro.

—Pero ese hombre descubrirá el cambio en cuanto me vea entrar.

—No es probable, por varios motivos. En primer lugar, según lo que ayer observaron los agentes, el interior del palacete está sumido en la penumbra, seguro que de manera deliberada. Estimamos que allí deben de llevarse a cabo ceremonias o sesiones para las que es conveniente la oscuridad. Por otra parte, el marqués es fácil de suplantar. Su barba tupida y una anticuada peluca le esconden más de media cara. Es muy poco lo que queda al descubierto. Además, existe entre ustedes una aceptable semejanza. La estatura y las proporciones corporales son también bastante parecidas. Cierto que La Vignebleue es unos quince años mayor que usted, pero envejecer a un hombre es algo que no ofrece dificultad a unos maquilladores teatrales de talento como son los señores que nos acompañan.

—Le garantizo a usted que no le descubrirán —dijo Vignal, muy seguro.

—Nuestro prestigio está en juego —añadió Fleurí, sonriente.

—Sólo veo dos inconvenientes para ejecutar a la perfección mi cometido —dijo Helvetius.

—¿Cuál es el primero? —preguntó el magistrado, resolutivo.

—El joven sobrino. Advertirá el engaño. Su conducta puede delatarme.

—No se dará cuenta si el cambio se hace con limpieza. Por lo visto, es un muchacho muy absorto, muy encerrado en sí mismo, que apenas percibe lo que ocurre a su alrededor. Vamos a darle al magnetizador el golpe final con sus propias armas —proclamó Menjoul, y añadió bromeando—: Supongo que al ingresar en prisión nos agradecerá el detalle. Y dígame, ¿cuál es el otro inconveniente?

—La voz. Mi acento extranjero resultará impropio del marqués. Y nuestros timbres vocales pueden ser muy distintos.

—Fínjase acatarrado, con la voz muy enronquecida: un resfriado otoñal. No le será difícil simularlo. Y no creo que allí tenga necesidad de hablar. Las personas que acuden al palacete parecen ir a algo muy concreto y previsto de antemano.

—Aun así. Temo estropear la estratagema con mi poca habilidad. ¿No sería más prudente encomendar la misión a un actor habituado a asumir personalidades ajenas?

—Creo que usted lo hará estupendamente, Helvetius.

Pero no se preocupe demasiado. Lo que le propongo no es más que una floritura. Nuestro hombre está acorralado y no podrá escapar en ningún caso. De todos modos, obtendremos las pruebas y evidencias necesarias. Nada importante se perderá si usted es descubierto. La policía tiene a varios hombres de características también adecuadas para sustituir al marqués. Pero he considerado que la primera opción le correspondía a usted. No olvide que la mujer autómata debe de encontrarse en ese lugar. Vaya por ella, amigo Hans.

POCO DESPUÉS, CUANDO PASEABA taciturno por el parque de su finca, lejos estaba el marqués de la Vignebleue de poder imaginar que desde el exterior, ocultos en el interior de un carruaje, tres hombres espiaban sus movimientos.

—Observe la leve cojera de la pierna derecha —le decía Vignal a Helvetius—, y ese andar inclinado hacia adelante, envarado, tan característico. Debe de tener alguna lesión en la columna vertebral. La cara no es problema. Resulta muy inexpresiva y estática. Con la barba y los retoques de maquillaje, sólo tendrá que preocuparse usted de mantenerla quieta.

—En el ropero encontraremos prendas de vestir como las que él usa. Llevaremos un surtido en el vehículo. Esa peluca anticuada será lo más fácil: las tenemos a docenas.

POR LA TARDE, CUANDO EL COCHE privado del marqués giró por una calle lateral a la entrada de Versalles, el carruaje que los había venido siguiendo los adelantó y, poco después, se detuvo, como si hubiese sufrido alguna avería repentina. La calle quedaba obstruida. Apenas había espacio para dar media vuelta; requería una maniobra muy forzada y difícil.

El marqués descorrió la cortinilla de una de las ventanas y asomó la cabeza. Su cochero personal había abandonado el pescante y estaba en conversación con el del vehículo obstructor. Ambos miraban una de las ruedas del carruaje.

La Vignebleue estuvo un rato observando. Al darse cuenta de que la situación parecía estancada, decidió apearse él mismo para averiguar qué ocurría y urgir a los cocheros.

El joven sobrino, indiferente a los hechos del entorno, apenas advirtió que, momentos después, su tío regresaba al interior del coche y se reemprendía la marcha. No pudo, pues, darse cuenta de que en la indumentaria de su acompañante se habían producido ciertos cambios, dentro de una tónica de semejanzas. Menos aún podía saber, puesto que ni siquiera lo veía, que en el pescante también el cochero había cambiado.

Cuando llegaron a las cercanías del palacete, otros vehículos estaban ya estacionados, esperando. Pero no ante la verja, sino a una cierta distancia. Parecían tener instrucciones de no agolparse ante la entrada para no llamar la atención.

El cochero que llevaba a Helvetius y al sobrino del marqués siguió aquella pauta. Saltó del pescante, sacó el estribo y abrió la portezuela. Se inclinó durante el descenso de los ocupantes, deshizo las operaciones y volvió a su lugar. Así daba la espalda al palacete. No podrían ver su cara.

Helvetius le ofreció el brazo al joven, del modo en que le habían dicho que el auténtico marqués lo hacía. Como se esperaba, el sobrino no estaba notando la impostura. El asedio policial era de una gran sutileza. Mirando en derredor no se percibía ningún indicio de que la finca estuviese bajo rígido control.

Helvetius y el joven atravesaron la verja abierta y

avanzaron entre las lúgubres estatuas y las fuentes gorgoteantes del añejo jardín.

Llegados al porche, subieron varios peldaños y se encontraron ante la puerta principal.

Cuando el disfrazado automatista golpeó con la aldaba, notó que su corazón palpitaba con fuerza.

Las tinieblas de la larga pesadilla iban por fin a disiparse.

11 *Sesión de magnetismo*

UN desconocido abrió la puerta y dijo, franqueándoles el paso:

—Bienvenidos. Son ustedes los últimos en llegar. Ya todo está dispuesto para dar comienzo.

Precedidos por aquel individuo, recorrieron un largo y oscuro pasillo. Todas las puertas que daban a él estaban cerradas. El recuerdo de la mujer amenazada volvió a Helvetius con intensidad. Se preguntó si estaría en alguna de aquellas estancias vedadas a la observación de los visitantes.

Desembocaron al fin en un gran salón en penumbra. Les llegó el perfume que emanaba de unos braseros donde ardían hierbas aromáticas. Unos cuantos candelabros difundían una luz pálida que sumía el lugar en una atmósfera irreal. Del fondo surgían las modulaciones de una flauta hindú que sonaba monótona y adormecedora.

Helvetius vislumbró la presencia de varias personas. Pero sus ojos aún no se habían habituado a la mortecina iluminación. No podía apreciar muchos detalles.

Alguien habló entonces desde un lugar que no pudo distinguir. Su voz, grave y desagradable, tenía un fuerte acento alemán. Le dijo al individuo que había abierto la puerta:

—Acomoda ya a los ilustres invitados. Es menester comenzar.

El sobrino del marqués fue conducido a una butaca vacante, alineada con otras en semicírculo, ya ocupadas. Helvetius fue llevado a un lugar más rezagado donde había otra fila de asientos, en su mayoría ocupados también. Dedujo que aquél era el sector destinado a los acompañantes.

Poco a poco fue distinguiendo los restantes elementos del salón. Abundaban los pesados cortinajes y las paredes estaban recubiertas por grandes tapices confusos y oscuros. En el suelo había aparatosos jarrones con flores secas gigantescas. Diversos animales disecados ocupaban rincones en penumbra, a media altura. Pero el elemento principal consistía en una enorme campana de tules y gasas que se alzaba en el centro del salón. Alambres no apreciables a simple vista sostenían la estructura de telas para darle la forma acampanada e impedir que su peso las doblara. La luz no llegaba al interior de aquel reducto, pero todas las butacas y sillas estaban encaradas hacia él. Parecía un extraño escenario antes de una representación.

Todo formaba una cargada y extravagante escenografía, destinada sin duda a predisponer a los espíritus débiles, impresionables o crédulos a favor de la superchería que iba a tener lugar.

Alguien varió entonces la colocación de los candelabros y la luz atravesó la campana de telas.

La imagen se formó ante los ojos de Helvetius como una evocación hecha realidad. A través de la semitransparencia de las gasas colgantes apareció, en su sugestiva inmovilidad, la mujer autómata robada.

Dijo entonces la voz desagradable:

—Ahora, como si fuese ella en persona, esta figura en todo igual a nuestra benefactora derramará bienestar y esperanza en los espíritus afligidos que están bajo su amparo. La fuerza magnética que ella le infundió a su imagen animada llenará esta sala con todos sus efectos curativos.

Entonces Helvetius vio por primera vez al hombre que hablaba. Era muy alto y delgado, y vestía enteramente de negro. Su rostro parecía cruel a la luz de los candelabros, pero se movía con soltura, como alguien acostumbrado a perpetrar engaños desde un escenario. Se introdujo en la campana de tules y gasas, se acercó a la figura, le quitó el sombrero del velo y, con un gesto seguro y rápido, activó sus mecanismos, retirándose después.

La mujer autómata inició sus movimientos. A través

de las gasas, la ilusión de que se trataba de una persona real era perfecta. Las modulaciones de la flauta se hicieron más sugestivas e intensas. Los vapores aromáticos de los braseros perfumaban fuertemente el aire. Se respiraba una atmósfera de devoción hacia la figura mecánica.

Los más negros presagios de Hans Helvetius se estaban confirmando. Si en aquella farsa se utilizaba un autómata para reemplazar a una mujer viva y real, sólo podía deducirse que la modelo había tenido un fin trágico en manos del prusiano y sus secuaces. Ni siquiera la idea de que el crimen tendría pronto su ejemplar castigo pudo apaciguar los sentimientos de culpa del automatista.

Quiso concentrar su atención en los movimientos de la figura. Consideraba probable que hubiese sufrido algún desperfecto en el momento del robo o durante el traslado. Pero la criatura mecánica se movía de forma suave y acompasada, sin ninguna vibración o sacudida que denotara un desarreglo en sus mecanismos.

Hasta llegó a pensar Helvetius, fascinado ante su propia criatura, que la exquisitez y delicadeza de sus acciones eran más sublimes entonces que cuando la había probado en el taller. Atribuyó la mejora a la sugestión escenográfica de las telas y la luz filtrada.

Entonces ocurrió algo que despertó su súbita alerta: la mujer autómata acababa de hacer un giro con las manos que no estaba previsto en su programación mecánica. Miró entonces su cara, forzando la vista al máximo. Sintió un vacío en la espalda, acompañado por un escalofrío: el parpadeo no seguía el ritmo prefijado, era ligeramente irregular. Tampoco la suave respiración que movía el busto se ajustaba a las cadencias constantes de la figura.

Helvetius abrió y cerró los ojos varias veces. ¿Lo estaban afectando los vapores aromáticos hasta hacerle ver detalles imposibles? ¿Estaba siendo influido por aquella atmósfera ilusoria?

Miró a las personas que ocupaban los asientos contiguos. Todos permanecían quietos, en silencio, contemplando las evoluciones de la figura.

El hombre alto estaba situado cerca del gran envoltorio de gasas, vigilando atentamente el desarrollo de la sesión.

En aquel preciso momento se produjo un pequeño percance que acabó de alertar a Hans Helvetius. Una de las gasas se desprendió de su sujeción y fue a caer lentamente sobre la mujer autómata. Ella, al notar el primer contacto, tuvo un ligero movimiento de sorpresa. Enseguida lo disimuló, prosiguiendo sin alteración, mientras el tul se deslizaba sobre su cuerpo hasta dar en el suelo.

Pero Helvetius no necesitaba ya de más indicios. Era de todo punto imposible que la mujer autómata hubiese hecho aquel gesto espontáneo. ¡Se trataba, sin ningún género de dudas, de una mujer de carne y hueso!

Todas sus figuraciones se vinieron abajo con silencioso estrépito. Ella estaba allí, viva, en el centro mismo de la superchería, actuando con la frialdad de una actriz profesional en pleno dominio de sus recursos.

Lejos de ser la víctima de un oscuro complot criminal urdido contra ella, resultaba ser la gran estrella del grupo, la pieza maestra sobre la que se apoyaba aquella parodia de sesión curativa.

Pero entonces, se preguntaba Helvetius, ¿por qué la mujer real imitaba los movimientos de la autómata? ¿Por qué el hombre alto había fingido que ponía en funcionamiento una figura mecánica? La razón y la lógica parecían haberse vuelto del revés en aquel ambiente de fraude e impostura.

La simuladora completó entonces la imitación de todos los movimientos de la mujer autómata y volvió a su postura estática inicial. La música de la flauta cesó. Un espeso silencio tomó cuerpo en la atmósfera del salón.

Helvetius se puso en pie y rompió a aplaudir con palmas sonoras, espaciadas, sarcásticas. En ellas ponía todo su furor de persona varias veces burlada por los conspiradores y al fin en condiciones de hacerles saber que había sorprendido su secreto.

El hombre alto y el otro lo miraron con estupor y desaprobación. Le hicieron enérgicos ademanes para que interrumpiera sus inoportunos aplausos. Los familiares acompañantes también trataron de acallarlo con siseos.

Helvetius siguió batiendo palmas, de manera cada vez más ruidosa y desafiante. En vista de que no deponía su actitud, el hombre vestido de negro se dirigió hacia el automatista de manera coactiva. Aquél fue el momento elegido por el falso marqués de la Vignebleue para desenmascararse totalmente. En voz alta y sonora proclamó:

—¡Aplaudo porque bien lo merece una farsa ejecutada con tanta maestría!

Al instante se desató la desbandada. Los fraudulentos anfitriones, al comprender que un testigo extraño se había introducido en la sesión bajo la apariencia del marqués, se supieron en peligro. La mujer salió enseguida de su reducto escénico y desapareció por una puerta trasera disimulada en el tapizado.

El hombre alto murmuró confusamente:

—Calma, señores, permanezcan en sus asientos.

Un momento después, se había desvanecido en las sombras de los corredores al igual que su otro secuaz.

Helvetius buscó arduamente entre los pesados cortinajes hasta dar con un ventanal exterior. Lo abrió y agitó el brazo de modo ostensible. Era la señal convenida. Aunque fuera no se veía a nadie, estaba seguro de que sus gestos obrarían el efecto deseado.

En el interior, la escena había sufrido algunos cambios. Los familiares acompañantes se habían reunido con sus respectivos protegidos y los tranquilizaban. El sobrino del marqués se había levantado y miraba a los demás con expresión de completo desamparo. Helvetius fue hacia él y lo tomó del brazo. Para no aumentar su desconcierto, se abstuvo de hablarle y actuó como si fuera el verdadero La Vignebleue.

Por el ventanal abierto entraron dos agentes de policía, mientras se oía el estrépito de otras ventanas que estaban siendo forzadas sin contemplaciones.

Helvetius les señaló a los dos hombres la puerta por la que había huido la mujer y los agentes fueron corriendo hacia allí, a la vez que otros policías llegaban al salón desde un corredor y organizaban a toda prisa la salida de pacientes y acompañantes. Se oían pasos rápidos y carreras por todas partes. La presencia policial en el palacete era ya generalizada.

El automatista confió el sobrino del marqués a uno de los agentes para que fuera evacuado y emprendió una apresurada búsqueda por su cuenta.

No iba en persecución de los mistificadores. Consideraba aquel objetivo cubierto por las fuerzas policiales. Quería encontrar la mujer autómata, la figura que había estado, aún no sabía por qué, en el centro de la gran patraña.

Inspeccionó muchas estancias. La mayoría estaban vacías. Otras aún albergaban restos de un añejo mobiliario, polvoriento y arrinconado. De pronto, en una sala trasera de la planta baja, hizo el inesperado descubrimiento. Al abrir la puerta, pensó que sus ojos lo engañaban dándole una imagen multiplicada. De creer lo que estaba viendo, había allí no una, sino seis mujeres autómatas todas iguales.

Pero la vista no lo traicionaba. La presencia de las seis figuras idénticas era real, aunque no estaban terminadas. Y ninguna de ellas era la auténtica, la que había salido de sus manos. Se trataba de copias, de moldeado más tosco que el original, y les faltaban aún numerosos detalles.

La estancia había sido convertida en un taller improvisado. Había numerosos útiles y herramientas, y dibujos con resortes, cilindros y engranajes. Quiso entonces examinar el interior de las figuras. Sólo una tenía ya todos sus elementos, copiados. La consideró casi a punto de funcionamiento. Las otras estaban huecas y abiertas por la espalda, en espera de que les fueran alojados los mecanismos impulsores.

Estaba claro que se habían propuesto construir seis copias de la mujer autómata de Hans Helvetius. Se encontraban en camino de lograrlo. Pero la figura auténtica ni siquiera parecía estar en el palacete.

La mente del automatista se bloqueó y ya no conseguía entender nada. Sólo era capaz de preguntarse dónde estaba su criatura mecánica.

12 *Una clase magistral*

EL asalto policial al palacete de Versalles concluyó con la detención de cuatro personas: Klaus Helmut Baden, el hombre alto de negra indumentaria; Eugénie Valmont, la mujer a cuya imagen y semejanza se había construido el autómata, y los otros dos sujetos que los secundaban en las trucadas sesiones de magnetismo.

El día siguiente, por la mañana, agentes apostados en el interior del edificio con tal fin lograron también la detención de otros cuatro hombres. Se trataba del artífice mecánico Hubert Fontane, constructor de figuras animadas para tabernas y barracas de feria, y tres de sus operarios de confianza. Habían sido contratados por Baden para reproducir clandestinamente los mecanismos creados por Helvetius para la mujer autómata y proceder a la construcción de seis copias de la figura.

Esos individuos no estaban implicados en las restantes actividades de la pareja Baden-Valmont, aunque tenían sobrados motivos para deducir que el encargo que les habían hecho, además de ser ilegal en sí mismo, obedecía a una finalidad más grave. Se les abrió causa separada por plagio fraudulento de diseños mecánicos.

Pero lo importante fue la instrucción del caso que tuvo por protagonistas al prusiano y a su compañera. Ambos tuvieron conductas muy diferentes a lo largo de los interrogatorios.

El sombrío Baden, a pesar de saberse en situación muy comprometida, se resistió tanto como pudo al desentrañamiento de la trama. Empleó toda clase de subterfugios, medias verdades e informaciones falsas para confundir a las autoridades judiciales.

El proceder de la Valmont fue meridianamente opuesto. Mantuvo sólo unas horas de hermetismo enigmático. Luego, como si con ello lograra una liberación largo tiempo deseada, contribuyó de manera decisiva al esclarecimiento de los hechos.

Levantado el secreto sumarial, tuvo lugar en París un singular acto semipúblico en el que quedaron expuestos buena parte de los pormenores del caso. Menjoul se vio forzado a concederle al profesor Henri Maillard autorización para divulgar las circunstancias del encausamiento Baden-Valmont en una apoteósica lección magistral que el catedrático organizó en el aula magna de la Facultad de Medicina.

A causa de la naturaleza de los hechos, Maillard había tenido una intervención constante en los interrogatorios. Esa posición ventajosa le facilitó información de primera mano sobre todos los aspectos de la materia procesal.

El inusitado acto académico reunió en el salón a una gran cantidad de profesores y alumnos, amén de muchas otras personas ajenas a la institución universitaria que lograron hacerse un hueco en el abarrotado local.

Maillard, pletórico y exultante, dio comienzo a la sesión agradeciendo la presencia de tres distinguidos invitados, que presentó a los asistentes con todo el incienso de sus elogios. Sin embargo, todo el mundo adivinó que no les dejaría tomar la palabra. Se había reservado para sí todo el protagonismo del acto.

Tales invitados de honor, que ocupaban discretos asientos al fondo del aula, eran el magistrado Menjoul, el superintendente Mahot y Hans Helvetius. Los asistentes miraron con especial curiosidad a este último al serles anunciado que era el famoso artífice de El Gran Magnetizador y otros autómatas que habían elevado su oficio a la categoría de arte.

A continuación, Maillard introdujo el tema con un vibrante preámbulo en el que arremetió contra toda competencia desleal a los practicantes de la medicina establecida y exhortó a los futuros médicos allí presentes a luchar siempre en defensa de sus intereses frente a los impostores que pretendieran arrebatarles la confianza de sus pacientes. También dijo algo de la defensa de la salud pública y de la verdadera ciencia. Después, resumió los hechos acaecidos en el taller de Helvetius y las primeras etapas de las investigaciones, en las que, con todo descaro, se atribuyó un mérito exagerado. Luego, tras una pausa efectista, entró en la parte medular de su disertación magistral:

—Señores, el fenómeno que estamos analizando es extraordinario en muchos aspectos y aleccionador en grado sumo. Los sorprendentes acontecimientos fueron posibles merced a la funesta asociación de dos personas singulares. No están aquí presentes, como sería mi deseo, porque se encuentran en poder de la justicia, en espera de proceso. Por tanto, trataré de compensar con mis palabras su inevitable ausencia.

En aquel mismo momento, sin que nadie lo advirtiera, André Barrès, el secretario de Menjoul, llegó al salón. Quedó abrumado al ver el gentío que lo abarrotaba. De puntillas, trataba de hacer menos desfavorable su escasa estatura. Pero era imposible dar un solo paso. La multitud había ocupado cada palmo del embaldosado. Barrès buscaba a Menjoul, pero no tenía ni una mínima visión de la sala para descubrir dónde estaba su superior.

Como un arrebatado fiscal de la Audiencia, Maillard continuaba:

—Les introduciré en primer lugar en la siniestra personalidad de Klaus Helmut Baden. Este aciago individuo ha dedicado buena parte de su vida a un dudoso oficio. Él lo denomina «empresario de variedades». Veamos en qué consistían esas atracciones.

Con un chasquido de dedos, Maillard dio orden a un auxiliar para que mostrara a la audiencia unos papeles que estaban en la tribuna, boca abajo. Resultaron ser carteles anunciadores de exhibiciones y causaron verdaderas muestras de desagrado entre los espectadores.

—¡Explotador de las desgracias y taras humanas es el nombre que le cuadra! —tronó el catedrático—. Se dedicaba a reclutar personas menesterosas afectadas por deformidades corporales o características anómalas y las sometía a explotación exhibiéndolas en barracas de feria. Cierto es que en ello también incumbe responsabilidad moral a quienes se avenían a pagar una entrada para convertirse en espectadores de esas funciones indignas. Pero no es su despreciable morbosidad la que estamos enjuiciando aquí, sino la del promotor Klaus Helmut Baden.

Barrès seguía pugnando por averiguar dónde estaba el magistrado. Pero en cuanto lograba asomar la cabeza entre la muralla de espaldas, era nuevamente desplazado y quedaba otra vez sin visibilidad.

—Muy distinto tono he de emplear, señores —proseguía Maillard—, para referirme a Eugénie Valmont. Es hora ya de que les diga que se trata de una persona excepcional en su género, como muy pocas habrá en el mundo, si hay alguna más. Los muy reprobables actos que cometió o en que tomó parte no han de impedirme este público reconocimiento. Ya por ellos va a ser juzgada ante el tribunal.

La oratoria del catedrático perdió algo de su efectismo retórico para dar paso a una cierta emotividad:

—Tal vez en otro tiempo, y bajo otras influencias, esa mujer, permítanme que lo diga, hubiese llegado a ser una santa o algo parecido. Y creo que lo era ya un poco, a su extraña manera, hasta que en su camino se interpuso el nefasto Baden.

Se levantaron algunos murmullos. Maillard los acalló enseguida con un ademán severo y siguió:

—Ella tenía un poder de sugestión tan desarrollado que era capaz de obrar prodigios hipnóticos. Y digo tenía porque, después de su dramático apresamiento y los hechos subsiguientes, lo ha perdido, acaso para siempre. Me atrevo a crear para ella una nueva denominación científica: Eugénie Valmont era, hasta fecha reciente, una persona hipnógena. Su magnetismo natural era infinitamente superior al de tantos magnetizadores y embaucadores que pretenden invadir el terreno de la ciencia legítima. Ella lograba inducir, en muchos casos, sensaciones pasajeras de alivio y bienestar, por sugestión directa, en enfermos depresivos y melancólicos. Los llevaba incluso a olvidarse de su infortunio por uno o dos días. Debo aclarar aquí que no se trataba en ningún caso de curaciones. Ni siquiera de disminución del grado de las dolencias. No, en modo alguno. No podía hacer milagros ni lograr lo que los mejores alienistas no consiguen. Pero influía en la mente de esas personas desdichadas para procurarles un alivio, a veces muy intenso, en el que la angustia cedía ante una especie de éxtasis consolador. Como ya he indicado, esos efectos beneficiosos tenían, claro, una duración limitada. Unas horas, por lo general. Unos pocos días en los casos más afortunados.

Por fin, gracias a pequeños saltos, Barrès había alcanzado a ver a Menjoul. No era mucha la distancia. Pero ahora tenía ante sí lo más difícil: abrirse paso entre aquella compacta aglomeración humana. En su apurada situación, apenas prestaba oído a lo que Maillard continuaba diciendo:

—Ella aplicaba su don entre las personas de su entorno, sin esperar a cambio más que afecto o gratitud. Llevaba, por lo demás, una existencia modesta como administradora de una hostería en Bruselas. Quiso la adversidad —anunció el catedrático, recuperando su estilo más efectista— que Baden se alojara unos días en aquel establecimiento. Llegó pronto a sus oídos lo que se comentaba de Eugénie Valmont. Trabó amistad con ella. Se ganó su confianza. Comprobó personalmente lo portentoso de sus facultades. Y empezó a concebir su ambicioso plan. Ya no le sería necesario recorrer Europa con su atroz circo de monstruos. Con ellos obtenía un buen lucro, ciertamente. Pero con la Valmont en sus manos podía amasar una fortuna en poco tiempo. ¡Y a fe que ha estado cerca de lograrlo!

El profesor se detuvo a beber un sorbo de agua. No tenía ni pizca de sed ni necesitaba humedecerse la garganta. Pero le encantaba tener en vilo a sus oyentes en los momentos de mayor expectación.

—No le dio a conocer enseguida sus cínicos planes a Eugénie, claro. Pero la fue socavando con el veneno de la ambición. Le describía, con toda suerte de fascinantes detalles, un tipo de vida lujosa que hasta entonces ella ni siquiera había imaginado. El gran mundo, los suntuosos hoteles, prodigios en joyas y vestuario, la sociedad de los elegidos de la fortuna. Se trataría de llevar el consuelo a un cierto número de enfermos de ese nivel social y obtener por ello un enorme beneficio. Poco a poco, ese especulador de las miserias humanas fue convenciéndola de que ella, como ser fuera de lo común, merecía la vida dichosa que sólo con dinero a manos llenas es posible conseguir.

Menjoul estaba absorto. No se sentía interesado por las palabras del catedrático. Su pensamiento estaba en otra parte. Por tanto, no advertía los ímprobos esfuerzos que estaba haciendo Barrès en sus forcejeos con la muchedumbre para ir acercándose penosamente hacia él.

—Baden ya sólo necesitaba crear un amasijo de falsas teorías científicas para darle consistencia al fraude. Porque tenía bien decidido lo que iba a hacer: presentar lo que Eugénie hacía de modo natural como si de un revolucionario método de curación se tratase. Ofrecerlo a familias muy adineradas con algún enfermo de insania y venderles una especie de suscripción a los servicios de ella a precio exorbitante. Explicaba, con astucia de mercader, que los beneficios del supuesto método sólo podrían alcanzar a un número muy reducido de enfermos. «El fluido de ella es prodigioso, pero no ilimitado», argüía. «Perdería su fuerza y su eficacia si se aplicara a demasiadas personas». Por tanto, la Valmont sólo atendería unos pocos casos para llegar en ellos a la curación completa. De este modo justificaba los precios leoninos que exigía. Eran de tal magnitud que llegaron a poner en dificultades financieras a familias muy acomodadas.

Las revelaciones del catedrático levantaban a menudo murmullos y cuchicheos en la sala. Maillard aprovechaba esos momentos para hacer nuevas pausas. Se quedaba inmóvil y callado, como un cantante de ópera en espera de solemne silencio antes de reanudar su actuación.

—Señores, Baden hacía más todavía. Presten mucha atención. Para tener una cobertura de impunidad, aseguraba que el nuevo método curativo era objeto de injusta persecución por parte de las envidiosas autoridades médicas. ¡Sí, como lo están oyendo! Por tanto, todo tenía que llevarse a cabo bajo el más hermético de los secretos. De lo contrario, los «corruptos» dirigentes de la Academia de Ciencias y Medicina, muertos de frustración y rencor por el hecho de que la Valmont fuese capaz de dejarlos en ridículo, ordenarían el inmediato y fulminante cese de las sesiones y la persecución de esa mujer providencial, haciendo imposibles las curaciones prometidas. ¿Observan la pérfida astucia del argumento? Así, Baden persuadía a los interesados de que era vital que las andanzas de la pareja no llegasen a oídos de las autoridades. Encontraba así a sus mejores aliados y encubridores en las personas sometidas al fraude. Dictaba la ley del silencio a aquellos a quienes estafaba. ¡Y, encima, esas familias engañadas aún le estaban agradecidas por haber sido escogidas entre muchas otras! ¡Audacia insuperable la de Klaus Helmut Baden! Pronto responderá por ella ante los tribunales de justicia.

Un aplauso coronó aquellas últimas palabras. Maillard lo había provocado con histriónicos ademanes. Pero, a la vez, como un orador sagrado resuelto a atajar todo alboroto en el templo, lo cortó con un gesto enérgico tras haberlo dejado elevarse unos instantes.

—Claro es que él nunca habría podido salirse con la suya de no contar con la crédula complicidad de esos ciudadanos. Nuestra sociedad todavía es muy dada a confiar en sendas torcidas, curaciones milagrosas o supersticiones animistas para hallar remedio a lo que no lo tiene. Tal vez no me crean ustedes si les digo que, aún hoy, algunas de esas familias protestan airadamente por la intervención de la policía y la supresión de las sesiones de pretendido magnetismo que se venían celebrando en un palacete de Versalles, cedido, por cierto, de modo gratuito por uno de los afectados. ¡No les basta con que el fraude haya sido desenmascarado y explicado! ¡Preferirían seguir con el engaño! Con todos los respetos: ¿se ha visto alguna vez necedad más grande?

Un murmullo de incredulidad recorrió la asamblea. Algunos estudiantes prorrumpieron en carcajadas. Maillard los acalló diciendo:

—¡Señores, reserven sus risas para lo que van a oír a continuación! El marqués de La Vignebleue, cuya apariencia fue adoptada por el señor Helvetius para introducirse en el garito de los impostores, pretende ahora querellarse contra la policía porque, según dice, con aquella maniobra se atentó contra su dignidad y su honor.

El coro de risotadas se generalizó. Sin cortarlas, Maillard elevó su voz por encima de la barahúnda y clamó:

—¡Ya sólo falta que los perjudicados se unan para pagarles los mejores abogados de Francia a Baden y a la Valmont!

Los estudiantes, cada vez más regocijados, alabaron la ocurrencia. Mahot, Helvetius y Menjoul mantenían una compostura sobria, pero cada vez les gustaba menos el tono que iba cobrando la sesión. Barrès, entre penalidades y pisotones, estaba ya muy cerca del asiento del juez.

—Llegamos ahora a lo más asombroso e inaudito, señores. No pierdan palabra. Baden sabía muy bien que el fabuloso negocio que tenía en marcha no podría durar mucho. Eugénie Valmont, con sus excepcionales cualidades hipnógenas, sugestionaba a los pacientes y les hacía vivir gratos espejismos de alivio y mejoría. Pero una vez pasados los efectos de la sugestión magnética, las depresiones y los desvaríos aparecían de nuevo, agravados incluso. Ella no podía llevarlos a una mejoría duradera y progresiva y, mucho menos aún, a una curación final. Con el paso de un cierto tiempo, hasta esas familias crédulas y ciegas iban a comprender la magnitud del engaño: sumas ingentes de dinero a cambio de nada al final. Todas las esperanzas, defraudadas. El escándalo. Denuncias. Persecución. Correría la voz por toda Europa. Ya no quedaría una sola ciudad civilizada donde Baden y la Valmont pudieran recaudar nuevas cuotas. La gallina de los huevos de oro, muerta y enterrada. Por tanto, la única posibilidad de gran lucro consistía en intensificar las ganancias antes de que fuese demasiado tarde. Pero Baden no podía exprimir y explotar a Eugénie más de lo que ya lo hacía. En realidad, claro, era cierto que su energía no era ilimitada. No resultaba posible ampliar más el círculo de pacientes sin que se debilitara el efecto en que se basaba la superchería. Pero el cerebro criminal de Klaus Helmut Baden no descansaba. Y así llegó a una primera idea, aún imperfecta, para extender el negocio mientras fuera viable hacerlo: una figura de cera de absoluta semejanza con la Valmont.

Maillard dejó unos instantes en suspenso al auditorio. El silencio esta vez era total, con una sola y pequeña excepción. Barrès, que había ya conseguido llegar junto al magistrado Menjoul, le susurraba algo al oído con expresión cariacontecida. Pálido, el juez le transmitió a Jacques Mahot la noticia que acababa de recibir. Helvetius la conoció de labios del superintendente. En los rostros de los tres hombres quedó reflejada una honda emoción.

13 *La súbita partida de dos invitados de honor*

MENJOUL, Helvetius y Mahot celebraron un rápido conciliábulo. Concluido el mismo, el juez y el superintendente se levantaron de sus asientos y se abrieron paso con autoridad entre el gentío. Barrès no tuvo esta vez dificultades: avanzó cómodamente por el pasillo que los otros dos le abrían hasta llegar a la salida.

Maillard, que no se había dado cuenta de la marcha súbita de los dos invitados de honor, continuaba en uso de la palabra, infatigable, creciéndose en su alarde oratorio:

—Baden había observado que los pacientes, después de haber sido sugestionados varias veces por la Valmont, reaccionaban ante ella con una especie de reflejo condicionado. Sólo con verla, sin que Eugénie se empleara a fondo ni, en realidad, hiciese nada, experimentaban la deseada sensación de alivio y bienestar. Por decirlo de algún modo, la poderosa sugestión inicial se había convertido en una autosugestión que cada enfermo ejercía para sí sin darse cuenta. En vista de ello, Baden decidió intentar el desdoblamiento con una figura de cera. Así se podría duplicar el número de sesiones magnéticas y, con ello, el de familias que aportasen dinero. Pero la forzosa inmovilidad de la figura de cera constituía una limitación grave. La autosugestión que provocaba en los pacientes era escasa, insuficiente para sostener el doble fraude. Fue entonces cuando Baden dio con la solución definitiva.

Maillard se recompuso las vestiduras, como un gran actor preparándose para la escena cumbre tras un invisible telón. Acto seguido, acometió la fase final de su discurso:

—En aquellos días se presentaba en París una figura mecánica del señor Helvetius, la conocida como El Gran Magnetizador, un autómata que parece sugestionar e hipnotizar. Eso era lo que Baden necesitaba, lo que le permitiría multiplicar el negocio en varias ciudades al mismo tiempo. Helvetius era el único artífice capaz de crear un autómata que tuviera un exacto parecido con Eugénie, además de una convincente apariencia de vida. Luego, una vez obtenido el original, la figura sería copiada por constructores de menor talento hasta reunir una pequeña colección de Eugénies dispuestas para entrar en acción. Se acostumbraría a los enfermos a verla a ella, la auténtica mujer, haciendo los movimientos mecánicos, para luego reemplazarla por una cualquiera de las figuras en un ambiente de artificioso ritual. Los pacientes no iban a darse cuenta del cambio, pero los familiares acompañantes sí. Baden ya había previsto cómo superar ese inconveniente. ¡Asómbrense ante su insuperable desfachatez, señores! Les había dicho ya a algunos de sus «clientes» que, en ocasiones, la Valmont sería sustituida por una figura animada para dejarla descansar y darle ocasión de hacer nuevo acopio de fluido magnético, y también para impedir que los pacientes adquiriesen excesiva dependencia directa de ella en el proceso de curación. Ya no tenía importancia que el gran embuste sólo se pudiera sostener por un tiempo limitado hasta agotar la paciencia y la credulidad de las familias. La suma recaudada iba a ser apoteósica. Cierto es que para conseguir que el señor Helvetius construyera el primer e indispensable autómata iba a ser necesario correr riesgos de cierta importancia. Pero Baden no dudó: podía asumirlos gracias al muro de silencio y encubrimiento que lo rodeaba.

Helvetius se sentía agobiado por la cargada atmósfera del salón. De buena gana habría salido fuera a respirar aire limpio. Pero no podía ausentarse aún. Tenía algo importante que hacer en aquel acto. Esperó, dejando que su pensamiento vagara por los recientes acontecimientos.

—El mayor riesgo para Baden, el único ya que de verdad podía hacer que la monstruosa maquinación se derrumbara, era precisamente Eugénie Valmont, la mujer hipnógena. El prusiano había logrado ganarse su voluntad y convertirla en una aliada casi tan falta de escrúpulos como él mismo. Pero había llegado el momento en que el sometimiento de la Valmont empezaba a resquebrajarse. Y lo hizo después de haber alcanzado su cota más alta. Diré sólo de pasada que, en el apogeo de su poder hipnótico, esa fabulosa mujer fue capaz de hacerle creer a un hombre de facultades bien templadas, como es el señor Helvetius, que una dama con el rostro quemado había ido a visitarle secretamente. Esa mujer no era otra que la propia Eugénie, cuya cara no tiene la menor lesión. Pero influyó en nuestro ilustre automatista y lo llevó a *ver* y a convencerse de lo contrario sin emplear ni un gramo de maquillaje. Y más todavía, señores. Fue capaz, en una proeza delictiva sin precedentes, de reducir a estado de pasividad hipnótica a tres curtidos agentes policiales por espacio de más de quince minutos. Con menos les habría bastado a ella y a los dos secuaces de Baden que la secundaron en la acción para robar el autómata de Hans Helvetius. Pero, al tratar de ponerlo en marcha, comprendieron que le había sido retirado un mecanismo indispensable para su funcionamiento. Así que lo buscaron hasta dar con él, ya que, lamentablemente, estaba en el mismo edificio. Luego huyeron sin dejar el menor rastro, ni siquiera en la memoria de los tres hombres de guardia.

La sorpresa y la admiración de los presentes no pudieron contenerse por más tiempo. Aun a riesgo de perderse algunas palabras de Maillard, todos se sumaron al clamor general.

El catedrático fue condescendiente y esperó sin inmutarse. Luego, en tono menos espectacular aunque más intenso, prosiguió:

—Con esa formidable gesta, Eugénie Valmont llegó al cenit de sus posibilidades. Y, seguramente por haberlas forzado en exceso, empezaron a debilitársele. Eso obró un cambio decisivo en su conciencia. No tuvo bastante coraje y entereza como para escapar de Baden o descubrir los hechos ante las autoridades. También es verdad que él, recelando algo, la tenía bajo vigilancia casi continua. Tal vez Eugénie guardaba hacia Baden, todavía, un sentimiento parecido a la lealtad. Pero algo dentro de ella había dicho «basta». La Valmont empezó entonces a cometer errores. No diré que fueron plenamente intencionados, pero creo que surgieron como consecuencia de sus deseos de expiación. El primero de ellos consistió en acudir al Hospital de la Misericordia para rendir visita a una anciana que ella había confortado en los tiempos en que no todo lo hacía por dinero. Allí fue reconocida. La policía de París buscaba el autómata robado, que era su viva estampa. Esta sola imprudencia pudo habernos llevado a la desarticulación de la trama. Pero hubo un segundo error de consecuencias más graves y definitivas. Esa nueva torpeza, en realidad, la cometieron ambos. No obstante, Baden incurrió en ella forzado por una situación que Eugénie había provocado. La Valmont sentía que sus fuerzas hipnógenas declinaban. No podía cumplir con la eficacia de antes el fuerte ritmo de actuaciones que el prusiano le exigía. La relación entre ambos se deterioraba por momentos y era cada vez más tensa. Así llegó un día en que Eugénie se negó a actuar. Baden no consiguió hacerla salir de la cama en cuarenta y ocho horas. Seguro que ella necesitaba ese descanso. Pero no quiso interrumpirlo ni cuando una de las últimas clientes incorporadas al grupo de expoliados solicitó con la mayor insistencia que la Valmont fuese a su domicilio para asistir a su hija, sumida en una aguda crisis de abulia depresiva. Las reiteradas súplicas de esa señora, y las más reiteradas negativas de Eugénie, obligaron a Baden a desplazarse él mismo a dicho domicilio. Una vez allí, se atrevió a actuar como magnetizador. Lo había hecho ya otras veces. Estaba habituado a jugar con fuego. Todo valía para salvar la situación. Pero la salvó con tan mala fortuna que dejó a la joven sumida en un grave trance hipnótico. Y ni siquiera se dio cuenta. Abandonó la casa creyendo que ella quedaba en un sueño tranquilo y profundo, nada más. Este percance fue el que acabaría llevándolo a la celda que ahora ocupa. Y quiero hacerles observar que ni bajo tan alarmantes circunstancias esa madre se decidió a denunciar al causante. Por el contrario, mintió en los interrogatorios. Aún seguía confiando en la Valmont para la curación de su hija. Vean de nuevo, señores, a qué grado de sumisión llegaban los esperanzados parientes.

Maillard efectuó entonces una estudiada evolución por el entarimado y se dispuso a lanzar su última argumentación:

—Aprovecho la circunstancia de que se encuentren aquí el señor magistrado y el superintendente de la policía para hacer una consideración final.

Algunos asistentes volvieron la cabeza y se dieron cuenta de que los dos personajes aludidos ya no se encontraban en la sala. El catedrático no se había percatado aún del hecho, pero la actitud de los espectadores le hizo reparar en ello. Quedó un momento atónito, sin saber cómo interpretar aquellas ausencias. Helvetius se levantó y tomó la palabra:

—Los señores Menjoul y Mahot se han visto obligados a abandonar la sala por un asunto de gran urgencia. Me pidieron que presentara disculpas por ello.

Maillard retomó enseguida el dominio de la situación:

—No necesitaban disculparse, pero muchas gracias, señor Helvetius. Son personas sobre las que pesan responsabilidades que pueden requerir su presencia en cualquier momento. Pero ello no me impedirá pronunciar las palabras que quiero pongan fin a este acto. Durante los días pasados, en mi calidad de consultor forense, tuve ocasión de tomar parte en los interrogatorios a Eugénie Valmont y Klaus Helmut Baden. Y me pregunté en diversos momentos: ¿qué habría sido de ella en el caso de que todo hubiese terminado como su indigno amante tenía planeado? En mi opinión, una vez reunida la fabulosa suma de dinero, Baden habría acabado asesinándola. Por fortuna, no tendremos oportunidad de comprobarlo. De todos modos, el concepto que él me merece ha quedado ya bastante claro. Quiero matizar ahora la idea que he podido ofrecerles de Eugénie Valmont. Es culpable, sin duda, pero también víctima de su propia condición de persona extraordinaria. Me atrevo a pedirle al tribunal que no extreme su rigor en la condena que habrá de imponerle. No soy su abogado defensor: no podría serlo. Pero no quiero abstenerme de alzar mi voz en su favor. Ahora es una mujer destrozada, hundida por completo. Sus portentosas facultades la han abandonado. En mi opinión, para siempre. Ella es en estos días presa fácil de un exacerbado remordimiento. Y no olvidemos que con sus errores, con su resistencia a obedecer a Baden en momentos decisivos, estaba buscando la catástrofe expiatoria, el fin de la oscura trama. A mi entender, eso la exculpa en parte y la hace merecedora no del perdón, pero sí de una buena dosis de indulgencia. Señores, he dicho.

Maillard sacó un pañuelo y se enjugó la frente. Sus argumentos finales, expresados con sinceridad auténtica, habían causado mella en los oyentes: permanecían callados y sin moverse.

En medio del imponente silencio, Hans Helvetius se levantó de nuevo y dijo, con voz alta y quebrada:

—Por deseo del magistrado Antoine Menjoul, cumplo en comunicar que Eugénie Valmont ha puesto fin a su vida esta mañana en la celda que ocupaba.

La noticia causó una instantánea conmoción en la sala. El gentío reaccionó como si se tratara de una desgracia que, de algún modo, a todos incumbiera. Pero todavía fue Maillard, desde el estrado, quien pronunció las últimas palabras:

—Señores, ante hecho tan doloroso e irreparable, ruego a ustedes que al salir de este lugar recen por el alma de la infortunada. Es lo único que podemos hacer ya.

14 *Datos para la historia*

LAS autoridades hicieron cuanto estuvo en sus manos para que el entierro de Eugénie Valmont se efectuara lo más discretamente posible, al margen de la morbosidad popular y del sensacionalismo de diarios y gacetas.

El objetivo se alcanzó en buena parte. Sin embargo, a pesar del sigilo con que se llevó a cabo la conducción del féretro, no pudo evitarse que varios centenares de curiosos estuviesen congregados en el cementerio del Este a la llegada de los restos de la suicida.

El sencillo ataúd fue introducido sin la menor ceremonia y a toda prisa en uno de los nichos de propiedad estatal que se utilizaban en aquellos casos.

Entre las personas que allí se dieron cita, se encontraban algunos familiares de enfermos que habían estado en relación con Eugénie. En sus rostros se apreciaban desconcierto y desolación. Se negaron a responder a las preguntas de los periodistas llegados al lugar.

De acuerdo con el procedimiento adoptado, ningún alto cargo oficial estuvo presente en el fúnebre acto. Tan sólo se produjo, ya al final del breve sepelio, la presencia fugaz de Hans Helvetius. Su expresión era sobria, pero parecía haber salido de una larga noche de insomnio.

DURANTE EL PROCESAMIENTO de Klaus Helmut Baden y sus cómplices tuvieron lugar algunas escenas tumultuosas. Las provocó el principal acusado con desafiantes respuestas, que causaron escándalo e indignación y levantaron abucheos de censura entre el público presente en la sala.

Baden se mantuvo en actitud arrogante y retadora en todas las sesiones del proceso. Sólo al final, cuando le fue concedida la palabra para que hiciera el último alegato en su defensa, adoptó un tono algo más razonable, que, sin embargo, no llegó a convencer a nadie.

Dijo Baden:

> *—Ella transmitía un bienestar verdadero a los enfermos. Ningún médico, ni el más eminente, podría hacer lo mismo. Los doctores establecidos y sus academias persiguen con saña a todo aquel que los pone en evidencia. Lo llaman, despectivamente, curandero, charlatán, sanador falsario, milagrero, chupasangres, parásito de la ignorancia del pueblo. Sienten un pánico enorme cuando uno de esos sanadores amenaza con arrebatarles la clientela, especialmente la más acomodada, demostrando de paso lo poco que saben los alienistas oficiales de la mayor parte de dolencias de la mente. En realidad, no saben casi nada, pero se niegan a reconocerlo. Por lo visto, su talento se reduce al que se necesita para denunciar y perseguir los fenómenos que escapan a su control.*

Aquellas palabras provocaron malestar y algunas muestras de repulsa entre el público. Baden continuó, sin hacer caso:

> *—Se me acusa de un delito múltiple de estafa, abuso de confianza y fraude terapéutico. Pero no me cansaré de insistir en que las familias entregaron su dinero voluntariamente. Yo no tenía más argumentos de convicción que los resultados que los mismos parientes observaban cuando Eugénie estaba en presencia de los enfermos. Entonces, con entera libertad, decidían si suscribirse o no a nuestro servicio de asistencia.*

Aunque no le correspondía intervenir en aquel momento, el fiscal no pudo contenerse y clamó:

—¡Encandilados con falsas promesas de una curación que no iba a producirse! Además, ya he repetido hasta la saciedad que el hecho de que la víctima de una estafa entregue su dinero de modo voluntario no anula en absoluto el carácter fraudulento de la operación.

Baden recuperó entonces toda su fiera altivez y se convirtió en acusador:

—¿Quién sabe si Eugénie habría sido capaz de lograr las curaciones? Lo único cierto es que ya no tendrá ocasión de demostrarlo. La infamante detención de que fue objeto y la vergüenza de la cárcel la llevaron a su fatal decisión. Con ella se ha perdido una gran esperanza. ¡Este tribunal y quienes lo sustentan son los responsables! ¡Por ello todos ustedes deberían ser sentenciados mucho más duramente que yo! ¿De qué se les acusaría? Yo lo diré: ¡de haber cometido un asesinato legal en la persona de mi asociada Eugénie Valmont!

El fiscal saltó de nuevo de manera fulminante. Sus gritos atronaron la sala de audiencias:

—¡No y mil veces no, Baden! Sólo usted la arrastró a la desesperación explotándola inicuamente y cargando su conciencia con graves remordimientos.

En vista del cariz que tomaba el enfrentamiento, el magistrado Menjoul, como presidente del tribunal, dio por terminado el alegato. A Klaus Helmut Baden no se le volvió a oír ni una palabra. Al parecer, se dio por satisfecho con lo ya expresado.

La sentencia fue dura con el prusiano, aunque no tanto como algunos habían imaginado o deseado (ciertas plumas pedían la guillotina para él en las gacetas de París). Catorce años de reclusión mayor y diversas penas complementarias recayeron sobre Baden. Sus apelaciones no obtuvieron resultado. Sus secuaces fueron condenados a penas menores.

Quedó establecido en el proceso que el falso abogado Julien Barois (éste no era más que uno de los muchos nombres que utilizaba) y su acompañante transformista sólo habían intervenido en el caso Baden-Valmont como negociadores ante Hans Helvetius, sin estar vinculados de modo directo a las restantes actividades de la pareja. Por consiguiente, en aquel proceso no pesaban cargos sobre ellos. De todas maneras, no había resultado posible apresarlos cuando en los primeros días se los buscó por considerarlos más gravemente implicados. Se llegó a la conclusión de que estarían en cualquier otra capital europea entregados a la práctica de fraudes sin relación con las maquinaciones del prusiano.

La mujer autómata de Hans Helvetius, la original y genuina, fue recuperada tras los primeros interrogatorios a Eugénie Valmont. Estaba en una casa de París donde se hacían ya sesiones de magnetismo por las mañanas utilizando la figura animada. A pesar de las manipulaciones a que la habían sometido Fontane y sus operarios para estudiarla y construir las reproducciones, estaba en buen estado.

Surgió después una larga polémica legal acerca de la propiedad de la figura. Algunos juristas defendían que el primer pago percibido por Helvetius equivalía, por su crecido importe, al precio completo. Por tanto, dado que el pago se había hecho con una parte del dinero obtenido por Baden de las familias perjudicadas, éstas eran, conjuntamente, las verdaderas propietarias de la mujer autómata.

Otros jurisconsultos sostenían que sólo Helvetius podía fijar el precio total de su trabajo y decidir, por tanto, si el anticipo recibido era o no suficiente. De no serlo, él continuaría teniendo dominio sobre la figura hasta que alguien, fuese quien fuese, le pagara el importe restante.

El propio Helvetius intervino en la controversia. Con ánimo de zanjarla, ofreció devolver todo cuanto había percibido a las familias engañadas por Baden. Intentaba así recuperar plenos derechos sobre la figura. La oferta, sin embargo, no tuvo eco entre aquellas familias: nunca definieron claramente su postura.

Llegaron también ofertas de varios coleccionistas millonarios, en su mayoría ciudadanos de América del Norte. Alguno de ellos estaba dispuesto a indemnizar a las familias y a cubrir el precio restante que Helvetius fijara.

A pesar de tales ofrecimientos, que convirtieron la polémica en una especie de subasta internacional, Helvetius nunca fijó el precio complementario. Por tanto, el problema de la propiedad de la mujer autómata quedó sin resolver.

Las autoridades judiciales, obrando en consecuencia, ordenaron la colocación de la figura en un embalaje acolchado y precintado, que quedó bajo custodia oficial en espera de que alguien acreditara ser el legítimo propietario.

No hubo mayor problema con las seis reproducciones que Fontaine y los suyos estaban realizando. Por tratarse de copias ilegítimas, fueron destruidas por funcionarios de la magistratura sin que nadie manifestara oposición.

Más turbio fue lo relacionado con el doctor Charles Renard, director-propietario de la clínica de lujo La Aurora. En virtud del pacto suscrito, no fue convocado como testigo durante el proceso. Ni su nombre ni el de su establecimiento fueron mencionados. Pero Menjoul casi llegó a la certeza de que Renard, a cambio de dinero, le había dicho a Baden en qué familias de elevada posición había enfermos mentales. Con todo, el juez se resistió a dar por segura aquella sospecha hasta que le fue posible averiguar que Renard había sufrido grandes pérdidas económicas en inversiones de guerra, hasta el punto de quedar arruinado. Ni siquiera la clínica podía ya considerarse suya: estaba gravada por una fuerte hipoteca.

No obstante, su actividad al frente de La Aurora aún le bastaba a Renard para llevar una vida desahogada en los años que pudieran quedarle de vida. La pregunta se hacía inevitable: ¿para qué necesitaba el dinero de Baden?

Se efectuaron discretas indagaciones y al fin apareció la respuesta: Renard se estaba construyendo en secreto un fastuoso panteón en el elegante cementerio del Père Lachaise. Ambicionaba la gloria funeraria, era su mayor y ya único deseo. Al conocer la fúnebre megalomanía de Charles Renard, Menjoul estableció una opinión definitiva: el alienista había sido cómplice circunstancial de Klaus Helmut Baden.

A Barrès, sin embargo, le quedaban ciertas dudas. Para despejarlas, le preguntó al juez:

—¿Por qué Baden no sobornó a algún enfermero o miembro del personal auxiliar? Era menos peligroso y le habría salido mucho más barato.

Menjoul ya había pensado en ello. Le expuso sus conclusiones al secretario:

—Seguro que lo intentó. Pero Renard guardaba el secreto muy celosamente. Tenga en cuenta, Barrès, que para esas familias aristocráticas el hecho de tener un enfermo de insania se considera, además de una desgracia, una vergüenza, un síntoma de supuesta impureza de sangre. La Aurora garantiza una discreción absoluta. A Renard le ha interesado siempre, para la buena marcha del negocio, que no se supiera a qué familias pertenecían los internados. Por ello, sólo él podía venderle a Baden una información amplia y detallada. Estoy convencido de que el prusiano se había enterado de la bancarrota de Renard y por ello lo consideraba vulnerable.

Pese a todo, el director de La Aurora se salió con la suya: no fue molestado por la justicia. El único disgusto que recibió fue el causado por una leve amonestación de la Academia de Ciencias y Medicina, de la que era miembro. En la nota privada que le fue remitida se le reprochaba «no haber actuado con la debida firmeza y energía poniendo de inmediato en conocimiento de las autoridades las sospechosas visitas de Klaus Helmut Baden». Todos sabían que era culpable, pero nadie llegó a decírselo abiertamente ni a aplicarle sanción alguna.

Charles Renard falleció quince meses después del proceso Baden. Como había dejado dispuesto, fue sepultado en su panteón de ensueño (de manera solitaria y exclusiva, ya que no tenía descendientes ni familia directa), rodeado en su reposo eterno por estatuas arcangélicas de la más fina cinceladura.

Menjoul nunca pudo comprender a las personas que, como Renard, realizaban grandes esfuerzos o incurrían en delitos para asegurarse la magnificencia en la única de sus moradas que no iban a disfrutar en vida.

Como era de esperar, el anonimato de Helvetius en París quedó vulnerado. Su taller-vivienda se veía asediado de continuo por toda clase de curiosos. Ni siquiera podía pasear tranquilamente por las calles. Los diarios habían publicado dibujos de su rostro y era conocido por muchos ciudadanos.

No era capaz de seguir trabajando en aquellas condiciones. Pensó primero en trasladarse a otro local en el mismo París o sus alrededores. Pronto comprendió que sería una medida insuficiente. Los ecos del sensacional caso de la mujer autómata tardarían mucho en apagarse. Decidió al fin, meses después de la terminación del proceso, mudarse a Lyon. Se despidió de las pocas personas cuyo trato había frecuentado y, muy en especial, de Georges y Jean y del juez Menjoul. Luego afrontó el laborioso traslado.

Y aquí acabaría la narración de los hechos de no ser porque... quedaría incompleta.

En lo descrito hasta ahora se oculta un secreto. Algo que se ha mantenido en silencio hasta ahora. Algo que ahora puede ser ya revelado.

15 *Cuatro años después*

FUE en la mañana del día 24 de septiembre de 1825. Una mujer, vestida de modo muy humilde, salió por el portón lateral del convento de las religiosas de la Adoración, en la pequeña localidad norteña de Villefranche-du-Bois. Llevaba el pelo muy corto. Su rostro no parecía haber conocido nunca los artificios de la cosmética. De no haber sido por su edad, cualquiera la habría tomado por una joven novicia.

Su nombre, Claire Amiens, nada nos dice por el momento. Llevaba una bolsa ligera con muy escasas pertenencias. Se la veía indecisa y desorientada. Miró a su alrededor y se cubrió los ojos con las manos. La luz del sol la deslumbraba.

Caminó después, sin prisa, hacia la plazuela arbolada que estaba cerca del convento. Quedó confusa y sorprendida al advertir la presencia de un hombre que estaba sentado en uno de los bancos de piedra. Al verlo levantarse y caminar hacia ella, bajó la mirada y se encogió de un modo casi imperceptible. El hombre continuó acercándose. Ella ya lo había reconocido. Cuando lo tuvo ante sí, le preguntó, con voz insegura:

—¿Todavía... enojado?

—Con usted nunca lo he estado —repuso el hombre.

Transcurrió un silencio denso y breve. Después, Claire Amiens se atrevió a preguntar:

—¿Por qué ha venido?

—Supongo que ahora se encuentra en situación de desamparo. Deseo brindarle ayuda mientras pueda necesitarla.

Aquella mujer de tez muy pálida se estremeció al decir:

—Es usted muy... considerado.

Así empezó lo que iba a ser una relación intensa como pocas. Aquella misma tarde, ambos emprendieron viaje a Zúrich, ciudad de residencia del hombre.

Sólo la muerte pudo separarlos. Ella cayó abatida por unas fiebres en el verano de 1848. Después, por lo que se supo, no hubo otra mujer en la vida de aquel hombre, como no la había habido antes del otoño del 25.

El personaje masculino que fue a Villefranche-du-Bois aquella mañana se llamaba Hans Helvetius. Ella, ya lo hemos dicho, Claire Amiens. Pero éste no era su primer nombre. Hasta la edad de treinta y un años se había llamado... Eugénie Valmont.

Muy pocas personas supieron la verdad en su momento. Sólo Menjoul, Helvetius, Mahot, Barrès, un forense (no Maillard, desde luego) y unos cuantos funcionarios de probada fidelidad.

Los tres primeros concibieron la idea. Los demás los ayudaron a llevarla a la práctica. Todos guardaron el secreto. Sólo uno de ellos vive aún. Ya puede ser dado a conocer el misericordioso engaño que perpetraron.

El suicidio de Eugénie Valmont en su celda fue una noticia falsa. Pero podía haber sido auténtica. Ella le había confesado a Menjoul que sentía fuertes deseos de acabar con su propia vida. Estaba tan desmoronada como pueda estarlo una persona. El juez comprendió que ella no iba a poder soportar la dura prueba del proceso que la aguardaba.

Decidido a hacer algo fuera de lo usual, llamó una vez más a consulta a Helvetius y al superintendente. El automatista propuso que la dejaran escapar antes del inicio de las sesiones en la audiencia. Pero no era una solución viable. Eugénie no estaba en condiciones de sobrellevar una existencia de prófuga. Ni siquiera parecía capaz de valerse por sí misma. Además, tenía una deuda pendiente con la justicia. Aunque sus culpas admitieran atenuantes de peso, no se le podía regalar la impunidad.

Después de una larga noche de debate, mientras ella, ignorante de todo, languidecía sola en su celda, concibieron una solución irregular, audaz y sin precedentes.

A primera hora de la mañana, Eugénie recibía la visita de Menjoul y era informada de lo que los tres habían ideado. Ella permanecería por espacio de cuatro años, con un nombre falso, en un convento de clausura. Redimida así su culpa, saldría luego en completa libertad, con el nuevo nombre acreditado con documentos, sin antecedentes ni rastros legales de su pasado. Para encubrir la maniobra, se simularía su muerte.

A Eugénie le costó creer que se trataba de un ofrecimiento verdadero. Mas, cuando se convenció de su autenticidad, se aferró a aquella salida como a la única que podía salvar el equilibrio de su entendimiento.

Los elementos conjurados eligieron la clase magistral del profesor Maillard como momento idóneo para dar a conocer la falsa muerte de la Valmont y contribuir a su verosimilitud con la precipitada marcha de Mahot y Menjoul del aula magna.

Las monjas de Villefranche nunca supieron quién era aquella mujer ni por qué motivo tenía que permanecer cuatro años entre ellas. Acataron la petición de París y la dejaron sobrevivir en su mundo de austeridad y silencio.

Eugénie Valmont, ya Claire Amiens, nunca recuperó sus prodigiosas capacidades hipnógenas (o si lo hizo en alguna medida, no trascendió del ámbito de su convivencia con Helvetius).

El automatista, tras un breve período en Lyon, se había establecido en su ciudad natal, Zúrich, donde residió por el resto de su vida. Allí vivió con Claire hasta la muerte de ella. No obstante, ambos realizaron frecuentes viajes por el continente, casi siempre motivados por la exhibición de los autómatas de Helvetius.

A los seis años del proceso Baden, el juez Menjoul tomó una medida largo tiempo meditada. Dado que seguía sin resolverse la pertenencia de la mujer autómata, dictó la siguiente resolución:

> *En tanto no sea posible determinar a quién o quiénes corresponde la legítima propiedad de la figura me-*

cánica que está bajo custodia judicial como consecuencia de la instrucción del sumario Baden-Valmont, resuelvo que para su mejor conservación y mantenimiento sea entregada a su constructor, señor Hans Helvetius, de Zúrich, en calidad de depósito provisional, hasta el día en que el propietario o propietarios acrediten de manera suficiente su condición de tales.

Como Menjoul pensaba al ordenar el cambio de destino de la mujer autómata, aquella entrega provisional fue, en la práctica, definitiva. Nadie pleiteó para arrebatársela a Helvetius.

El automatista siempre ocultó al mundo la anterior identidad de su mujer, Claire Amiens. Con el paso del tiempo y la entrada en la madurez, ella fue perdiendo el parecido con la figura creada a su imagen. Pudo incluso comparecer en público junto a la mujer autómata sin que nadie sospechase la verdad.

Pero no fue hasta la Exposición Universal de Londres, en 1851, ya desaparecida Claire, cuando Helvetius pudo presentar, al completo, su Gran Teatro Mecánico de Autómatas. Constaba de veinticuatro figuras de tamaño natural y de un sinfín de elementos escenográficos, también dotados de movimiento. El éxito fue clamoroso. El nombre del mecánico de Zúrich quedó consagrado para siempre como el de un supremo artífice en el arte de la construcción de autómatas. Hans Helvetius no vivió mucho más tras aquel resonante triunfo, pero pudo disfrutar, como pocos creadores, su mayor momento de gloria internacional.

Y finalmente, como cierre a esta singular historia, es deseo del narrador que figuren las palabras de uno de sus principales protagonistas. Se trata de parte de una de las respuestas dadas por Eugénie Valmont al magistrado Menjoul, según figura en las actas de los interrogatorios que siguieron a su detención en Versalles:

Sé que le corresponde una pena a mis actos. No pretendo eludirla. Pero, aunque sea demasiado tarde, quiero decir que lamento de todo corazón haber creado esperanzas infundadas. Sin embargo, juro ante Dios que siempre intenté, con todas mis fuerzas, ofrecer el mayor alivio posible a los enfermos. Quise abrirles una ventana a la que pudieran asomarse muchas veces, aun estando yo muerta o ausente. Cruel cosa son las enfermedades del pensamiento y el espíritu. Yo misma, en estos días, lo estoy comprobando. Por mí sería bienvenido cualquier alivio, siquiera de unas horas. Pero no voy a tenerlo. De eso, para mi desgracia, estoy segura. Sólo puede confortarme la indulgencia de los que se sientan dañados por mi causa. Ellos han visto morir sus falsas esperanzas. Yo, en esta celda, las he visto morir todas.

Coda: un pequeño enigma desvelado

AHORA ya sólo resta que descubra mi pequeño e inocente secreto personal.

Como anuncié al comienzo, yo, el invisible narrador, fui también uno de los personajes de la historia que acabas de leer. La he escrito sin dar a conocer cuál de ellos soy: un pequeño juego, una licencia a la que me daban derecho, creo yo, mis años.

Es posible que el sagaz y atento lector ya haya adivinado mi nombre por su cuenta. En tal caso, los párrafos que siguen servirán para confirmárselo. Y si no se ha preocupado de este detalle, ahora conocerá la respuesta también.

Para compensar la vanidad de convertirme en cronista de aquel caso memorable, me he presentado ante el lector bajo tintes irónicos. Nunca me permitiría satirizar burlescamente a otras personas, y menos por escrito, pero no he dudado en hacerlo conmigo.

Ésta es mi única pista. Veamos, estimado lector, ¿cuál es el único personaje de la novela al que he caracterizado con descripciones sarcásticas (y, por desgracia, bastante exactas)? Piensa un momento.

Lo tienes ya, ¿verdad?

Efectivamente. Quien ha escrito estas páginas no es otro (no *soy* otro) que «el hombrecillo esmirriado, de diminuta estatura y aspecto insignificante» que estaba a las órdenes del señor magistrado Menjoul; es decir, tu seguro servidor André Barrès.

Todas las escenas y situaciones del relato son auténticas. Las he reflejado tal como las viví o me fueron contadas por sus protagonistas. Las citas de actas y documentos son literales, copiadas de los registros oficiales.

Modestamente, siempre tuve afición por la escritura. Soy también autor de varios centenares de poemas líricos que nunca saldrán a la luz pública (ya me encargaré yo de que desaparezcan conmigo).

Hace años, muchos años, en mi juventud, me prometí escribir un día, novelada a mi torpe manera, la crónica del más extraordinario de los casos que yo fuese a vivir como humilde servidor de la justicia. Ahora soy un viejo: el ocio de mi vida de retirado ha hecho posible el cumplimiento de la promesa.

Como el lector ya habrá comprendido, no podía haber duda en la elección. El caso de Hans Helvetius y Eugénie Valmont era, sin comparación posible, el merecedor de mis esfuerzos.

Ignoro quiénes y cuándo leerán estas páginas. Tal vez no las lea nunca nadie. Acaso se pierdan para siempre, como el recuerdo de mi persona.

No importa. Incluso en este último caso (nada improbable, por cierto), doy mi trabajo por bien empleado. Me ha permitido revivir, con la intensidad de la escritura, aquellos días apasionantes y extraordinarios.

André Barrès
París, julio de 1856

Índice

Advertencia preliminar 5
Obertura 7

PRIMERA PARTE

1. *El Gran Magnetizador* 11
2. *Julien Barois entra en escena* 17
3. *La desconocida, en París* 30
4. *Nadie deberá saber que existe* 36
5. *Las conjeturas del magistrado Menjoul* 43
6. *Desaparición inexplicable* 51
7. *Una extraña y triste historia* 61
8. *La larga noche de Hans Helvetius* 68
9. *¿Decisión acertada?* 75
10. *Una estratagema infructuosa* 82

Interludio 89

SEGUNDA PARTE

1. *Una obra maestra* 95
2. *La mañana del 9 de septiembre* 100
3. *Un plan desbaratado* 105
4. *Pálidos indicios* 110
5. *Las conclusiones del doctor Maillard* 116
6. *La inesperada utilidad de un retrato* 123
7. *La apariencia de la muerte* 129
8. *Un muro de silencio* 135
9. *La clínica de salud La Aurora* 140

10. Los dos marqueses de la Vignebleue 146
11. Sesión de magnetismo 153
12. Una clase magistral 160
13. La súbita partida de dos invitados de honor 169
14. Datos para la historia 175
15. Cuatro años después 182

Coda: un pequeño enigma desvelado 187